講開有段古

老餅潮語

III

蘇萬興 編著

中華書局

自序

俗語，今有稱為「潮語」，即當時民間常用之語句。

廣州話俗語的出處非常不簡單，有些是過去中原文化的承傳，有些和古代的一些神話、人物有關係，亦有與當時的社會背景有關係，非常有趣。俗語反映了當時的社會現象，但亦往往隨着時代的轉變而消逝。所謂「老餅潮語」，就是當年父輩及五六十年代流行的俗語，相對於今天的流行的潮語而言。

《講開有段古 ——老餅潮語》I 及 II 出版後，頗受歡迎，但意猶未盡，再應出版社要求，搜集了近百個廣東話俗語，公諸同好，亦藉以作為一個記錄，以免失傳。廣東話俗語很多，大多來自昔日省港澳地區。一些俗語的來源亦有不同說法。要強調指出的是，書中所述及的詞句，部分寫法及讀音並未有考證，只取其音或義而已，請有識者指正。在搜集和整理俗語的過程中，參閱了不少前輩的著作，亦得到不少好友相助，在此謝過。

蘇萬興

目錄

埋嚟睇埋嚟揀

目錄

油炸蟹

jau4　　zaa3　　haai5

—— 橫衝直撞，不顧別人。

> ## 呢嗰人橫衝直撞，
> ## 撞到人都唔避，成隻油炸蟹咁。

蟹，有爪有螯，橫行，爬動的時候，爪螯同時伸出，以便覓食，如果不慎被牠的螯鉗到，痛楚非常，但當蟹碰到一些硬物時，卻會把爪螯縮回。

以前本地有一種街頭小食，就是將整隻蟹沾上炸漿，然後放入滾油鑊中炸熟後進食。這種食品，名為油炸蟹。蟹炸熟後，爪螯均伸直，不會縮回，後來人們以油炸蟹形容一些人走在路上橫衝直撞，碰到人也不會退讓。

另外有句俗語形容有人做事無心無力，稱之為「軟腳蟹」。

攣弓蝦米

lyun1　　gung1　　haa1　　mai5

—— 身體彎曲，縮成一團。

> 天寒地凍，陳仔得張薄被冚，
> 凍到縮埋雙腳，好似隻攣弓蝦米。

廣州話詞典錄有「攣捐」，形容彎曲，「攣」是本字，指捲曲，《集韻》：「攣，手足曲病。」例見《史記・范雎・蔡澤列傳》：「先生曷鼻、巨肩、魋顏、蹙齃，膝攣。」裴駰集解：「攣，兩膝曲也。」

弮即弩，例見《漢書・李廣傳附李陵傳》：「士張空弮，冒白刃，北首爭死敵。」顏師古注引文穎曰：「弮，弓弩弮也。」顏又引李奇注：「弮，弩弓也。」由於弮是弓的一種，粵語又作「攣弓」。

蝦米為何會「攣弓」？大的生蝦剝殼曬乾便成蝦乾，但細的生蝦太細隻，只有將其煮熟才可剝殼，煮熟的蝦會彎曲，又縮到米粒咁細，所以叫「攣弓蝦米」。

沙甸魚

saa1　din1　jyu2

── 擠迫。

> 「陳仔一家幾口，住喺一間板間房，
> 迫到好似沙甸魚。」

沙甸魚、Sardine，又稱沙丁魚、薩丁魚、鰮和鰛。小者長二寸，大者尺許，背蒼腹白，肉美，最初在意大利薩丁尼亞捕獲而稱為沙丁魚或沙甸魚。

沙甸魚多用來製成罐頭食品，將沙甸魚混合蕃茄醬泡製好後，一層層的疊放在罐頭內出售。由於排放沙甸魚時非常擠迫，所以港人將一些擠迫現象稱為「沙甸魚」，例如上下班時的地鐵、巴士，車內擠滿乘客，有如罐頭沙甸魚。

冬前臘鴨

dung1　　cin4　　laap6　　aap3

—— 隻擸隻。

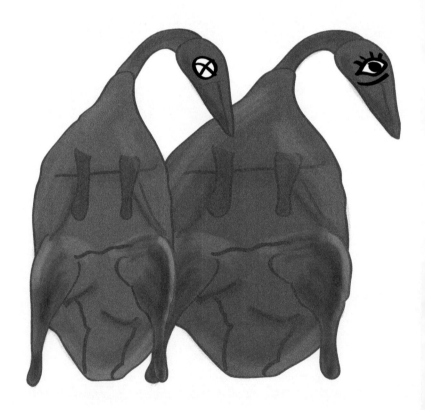

「陳仔咁乑，娶個老婆珠圓玉潤，真係冬前臘鴨隻攋隻。」

每年冬至前後是臘鴨上市之時，由於材料、時間、製作手工的差別，這些臘鴨有好有次，有肥有瘦，油潤香氣也不一，立冬以後北風增強，那時候醃製的為好，而立冬前醃製的就稍差些。但有些店舖為了趕在立冬後有較多的貨源上市，於是在立冬前就醃製。

而廣府人喜歡食臘鴨，一到年底冬至後就會到市場買臘鴨享用，而且會一對一對的買。為了能增加銷路，把冬前的臘鴨賣出去，店舖就把一隻立冬後的臘鴨和一隻立冬前的臘鴨搭配一起銷售，一隻肥的搭一隻瘦的，一隻大的搭一隻小的，這就是「冬前臘鴨隻攋隻」的由來。

由此引申出的意義一般是指兩個性格或者外型有差異的人走在一起，尤其是指夫妻，還暗喻有互補的意思。

石狗公

sek6　　　gau2　　　gung1

—— 充斑，魚目混珠，冒充。

> 陳仔只不過係普通文員，
> 但成日西裝骨骨，扮到好似經理咁，
> 其實只係石狗公。

石斑魚泛指鱸形目鮨科石斑魚亞寇里的各屬魚類，為暖水性的大中型海產魚類。其營養豐富，肉質細嫩潔白，是一種低脂肪、高蛋白的上等食用魚。而石狗公魚，學名為白斑菖鮋，外形與石斑相似，是石斑近親，體形短小，難登大雅之堂，故一直屈居廉價雜魚之列。

在飯店裏，石狗公魚一般只用以滾湯，如條頭較大的石狗公肉質爽滑而魚味鮮美，水上人家對其評價尤在「黃釘斑」、「鬼頭斑」之類的雜斑之上，所以亦有人以石狗公冒充石斑出售。

「班」實為「班」，指「大班」。大班一詞相信來自民間口語，這種稱呼在鴉片戰爭前就有了。道光十二年(1832年)蕭令裕所著《記英吉利》已記載：「凡他國互市，皆船商自主，獨英吉利統於大班，名曰公司，其國中殷富，咸入貲居貨，雖王亦然……(乾隆)二十七年九月，三年居滿，釋夷囚洪任輝，交大班附舶載回。兩廣總督照會英吉利國王收管約束，毋任潛入內地。」此處所指的「大班」為船長。

1833年8月1日由普魯士基督教新教傳教士郭士立創刊於廣州的《東西洋考每月統記傳》中，就有如下的描述：「道光甲午年(1834年)四月：本月內有英國船到粵，帶來新聞紙，內言以大英國主已派世襲侯爵水師提督羅拿碧一位來粵，當正監督之任。又聞原駐粵公司大班、二班兩位即當左右副監督之任，未知實否？」

「大班」這個詞，泛指當時在粵的外資洋行經理的稱謂。後來亦泛指外商銀行的董事會主席，經理、司理，以至作為銀行與華商之間的橋樑 — 華人買辦。說人是「石狗公」，就是指對方充闊佬，外表打扮得光鮮體面，儼然洋行大班，其實只是職位低微的窮光蛋。

醉 貓

zeoi3 maau1

—— 醉後失儀。

> **❝** 陳仔好飲兩杯，時時人哋出酒，**❞**
> 佢就出命，餐餐都飲到成隻醉貓咁。

醉貓其實是一種植物，名為貓薄荷，原名樟腦草，唇形科，
荊芥屬，又名芥、小荊芥、心葉荊芥、假蘇、假荊芥、香
薷、山薄香等，據說貓食此草後會產生幻覺，狀似醉酒，因
而得名。

宋·陶穀《清異錄·煉鶴一羹醉貓三餅》：「居士李巍，求
道雪竇山中，畦蔬自供。有問巍曰：『日進何味？』答曰：『以
煉鶴一羹，蓋為煉得身形似鶴形也。醉貓三餅。』巍以蒔蘿、
薄荷搗飯為餅。問者語所親者，以清饑道者旦暮必以菜解。」

後來以「醉貓」戲稱醉後舉動失常的人。

水魚

seoi2　　jyu2

—— 容易受騙。

> ＂陳仔嘅麻雀章法好差，
> 成隻水魚咁，
> 一於同佢打返幾圈，搵啲使用。＂

水魚即鱉魚，俗稱甲魚，肉味鮮美、營養豐富，不僅是餐桌上的美味佳餚，而且是一種用途很廣的滋補藥品。

水魚樣子兇惡，如果在水中捉牠，會咬人，但只要將水魚撈起放在桌上，一隻手按着牠的背部，另一隻手捉着其尾巴，然後提起，水魚便無法反抗，任人屠宰。

廣府人將「按」叫做「揪」，水魚被揪，就無法反抗，任人宰割。因此，「水魚」就變成受人擺佈，任人宰割的代名詞。

失魂魚

sat1　　wan4　　jyu2

—— 冒失、精神不集中。

> 陳仔同女朋友嗌咗交，
> 近排冇厘心機，成日撞板，
> 成條失魂魚咁。

魚類在魚排，或魚塘中生活，水流較平靜，一旦被人撈起，就會放進一個較小的魚缸，用車或小船運到市場出售。這些魚習慣在魚塘或魚排中生活，一旦轉到較小的魚缸就不適應。而且在運送的過程中，車船不斷搖晃，魚缸內的水亦跟隨波動，有如大風大浪，魚亦在水中晃來晃去，往往運到目的地時，魚就會反應遲鈍，不肯游動，被稱之為「失魂」，據說失魂魚的味道亦會因此而變差。

因着失魂魚「反應遲鈍」的失魂狀態，人們戲稱一些做事三魂不見七魄的冒失鬼為「失魂魚」。

釣魚

diu3　　　jyu2

—— 打瞌睡。

> **"** 陳仔晚晚去夜街，日頭開工就瞌眼瞓，**"**
> 響度釣魚，俾老細見到就弊。

很多人喜歡釣魚，現在釣魚，通常會用魚竿，魚絲下端有魚鈎，魚鈎之上繫有一個浮波，浮在水面，當魚吞下魚餌時，浮波會被扯下，釣魚人就會提起魚竿，並搖動魚竿上的絞輪將魚絲絞起，魚就會上釣。

但以前釣魚不用魚竿，只將魚絲放在手中，稱為拋絲。首先在魚絲末端繫上魚鈎，扣上魚餌，再在魚鈎之上約一呎左右，縛上重鉛。釣魚人將魚絲拋入海中，感覺到重鉛沉到海床，然後將魚絲提起，待魚鈎離海底一定距離，就等待大魚上釣。由於魚絲有重鉛墜實，魚鈎不能隨水流動，吸引大魚上釣，因此，釣魚人會隔一段時間，就用手將魚絲慢慢提高又慢慢放下，使魚餌隨水流動，吸引魚類上釣。

每當人感覺疲勞時，會打瞌睡，頭部不由自主地慢慢向下垂，當頭部垂到一定程度，又會猛然提起，但又再次慢慢下垂，動作不斷重複，有如釣魚人釣魚時的動作。

揀蟀

gaan2　　seot1

── 挑選。

before

> **球隊下季升班，班主老早就揀好蟀。**

廣州人鬥蟀由來已久，屈大均所著《廣東新語》（卷二十四）中記載：「有蟋蟀，於草叢出者，少力於石隙竹根生者，堅老善鬥……其立於蛇頭上者，身紅而大尤惡。」蟋蟀身體黑色至褐色，頭部有長觸角，後腿粗大善跳躍，具爆發力。雄性好爭鬥，兩翅摩擦能發出聲響。廣府人喜歡以鬥蟀為賭博。

揀選作為鬥蟀的方法，一般以體重司馬戥（司馬戥為舊時重量計算單位）五分五六厘至六分二三厘最為適合，各隨養者所好而選擇。但均以頭色略淡，翼有光彩，腿色黃中透白為上等，即所謂「淡頭紫頸金花翼，臘腿藤爪是蟀王」也。至於體形扁平如蟑螂，或有仰頭、剔腿、磨牙、卷鬚四大忌者，視為劣蟀，皆不可用。此為擇蟀的基本要求。

爛頭蟀

laan6　　　tau4　　　seot1

—— 亡命之徒，好勇鬥狠。

after

> 66 人哋精人出口，佢就笨人出手，
> 走去做爛頭蟀。 99

鬥蟀是兩蟀互鬥，戰鬥力弱的，牙關不牢固，三兩個回合即牙齒脫落，一般就判輸，故鬥蟀又有「有牙無翼是贏，有翼無牙算輸」之說。

但一些鬥蟀牙齒雖落，雖鬥至頭爛，但仍死不認輸，振翼高鳴，虎虎作勢，繞盤走避。按規定，不論斷肢破腹，只要仍能作戰就不算敗，只有用引草撩撥都不願再鬥了，才算敗。人們以「爛頭蟀」死不認輸的形態形容好勇鬥狠、不顧一切的人。

埋牙

maai4　　ngaa4

—— 打鬥。

> 兩個都係牛脾氣，
> 講唔夠兩句就埋牙，打起上嚟。

「埋牙」出自鬥蟀，鬥蟀時將兩隻雄蟀引入鬥盆，兩雄觸鬚相交，鳴叫聲中，激戰立即開始。蟋蟀甩開大牙，頭頂，牙夾，腳蹬⋯⋯戰成一團，鬥蟀短則幾回合，長則幾十回合。敗者落荒而逃，牙齒脫落，對方才算得勝。

後來人們以鬥蟀「埋牙」的狀態，形容決鬥或比賽時準備開戰、埋身肉搏的情勢。

打到牙都甩！

打甩髀

daa2　　　lat1　　　bei2

—— 死纏爛打，不放棄。

> 呢隊波雖然唔夠班，
> 但好在有鬥志，唔服輸，
> 就算打甩髀都同你打。

「打甩髀」與埋牙一樣，同樣出自鬥蟀，兩隻蟋蟀互相拚鬥，一定要鬥至其中一隻蟋蟀任憑賭檔主持人如何用引草撩撥，都不願再鬥，才算分出勝負。否則就算打至頭爛、腳甩，都要繼續，因此即使打甩髀都未算輸。

包尾大翻

baau1　　mei5　　daai6　　faan1

── 最後一名。

> 星期六入馬場，諗住搵返
> 啲使用，點知隻心水馬一出閘
> 就包尾大翻，輸到入肉。

包尾大翻，就是指戲班粵劇上演「六國大封相」完場時，由六位武師擔演帶馬的六旗手，於拉馬時表演翻騰絕藝，走圓場後退下，但最後一匹馬牽回，帶馬的武師會大打筋斗，將最後一個筋斗翻到最高為榮，作為全劇的尾聲，所謂「包尾大翻」即指此。

但現時大都寫為「包尾大番」。

胭脂馬

jin1　　zi1　　maa5

—— 難騎。

> ❝ 老陳個女好刁蠻，
> 個個男仔都怕咗佢，話佢係胭脂馬。❞

「胭脂馬」出自粵劇「六國大封相」。六國大封相講述戰國時代蘇秦遊說六國以合縱策略，聯盟抗秦，六國拜蘇秦為丞相。

全劇有「六國王出場」、「六元帥上場」、「羅傘架」、「接聖旨」、「出馬」、「出車」、「坐車」等排場。在「六國大封相」臨近結尾時，迎送公孫衍儀仗隊的六位夫人，騎着六匹馬上場。六位「五軍虎」充馬伕，帶引六匹馬登場，六位夫人由四名「馬旦」和第四、五花旦飾演。

最後出場的名曰「包尾馬」，按班例均由第四花旦擔演，「包尾馬」要顯示這匹馬特別剽悍生猛，達到高潮收尾的效果，表演難度為六匹馬中最大、也是最為「難騎（駕馭）」者。又因，騎馬者為女性，特稱為「胭脂馬」。後以「胭脂馬」代表惡搞的女人。

舉獅觀圖

geoi2　　si1　　gun1　　tou4

——典當。

麻煩舉穩啲！

> **陳仔搵朝唔得晚，冇錢開飯，
> 唯有將棉胎攞去當舖，實行舉獅觀圖。**

《舉獅觀圖》寫唐代薛仁貴後人薛剛因誤斃皇子，又砸爛太廟而招致滿門抄斬。老臣徐策冒死救出薛剛稚子薛蛟，十年艱辛撫養成人。某日薛蛟將門前一對石獅子陡地舉起，還未及放回原位，即被朝罷歸家的徐策目睹。徐策心中暗喜，知此子他日定非凡庸之人，於是將他帶到薛家祖先廟堂，在薛剛等列祖的圖像面前將薛家當年慘事一一訴明，以堅薛蛟發憤報仇之志。

粵劇中將「舉石獅」和「觀圖」兩個排場作為折子戲。舊日窮人生活困難時，會將較為值錢的東西拿去當舖典當，因當舖的櫃枱高高在上，典當者要將典當物高高舉起送上，此為「舉獅」，辦妥典當手續後，又要細看「當票」有無訛誤，戲稱為「觀圖」。「舉獅觀圖」喻典當之舉，反映了底層人物對無奈、辛酸生活的幽默和自嘲。

扯貓尾

ce2　　　maau1　　　mei5

── 佯裝友善、佈局蒙騙。

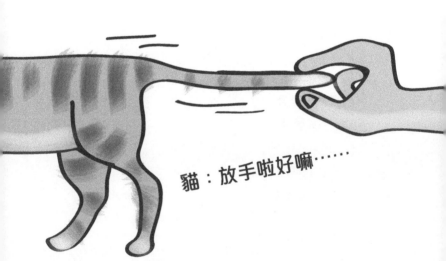

貓：放手啦好嘛⋯⋯

> 前面有人賣個舊花樽，
> 幾條友喺度扯貓尾，
> 出高價爭買，因住上當！

「扯貓尾」其實和貓沒有半點關係，它是由詞語「謬為」衍生出來的俗語，謬為一詞有假裝、作偽之意。

《舊唐書·劉黑闥傳》：「黑闥初不許，德威謬為誠敬，涕泣固請。」宋·周密《齊東野語·潘庭堅王實之》：「庭堅，被酒豪甚，竟脫巾髺髻，裸立流泉之衝，且高唱《濯纓》之章。眾因謬為驚歎，羅拜以為不可及。」清·譚嗣同《報劉菘芙書》之二：「爾時實有自見其不雅馴者，非故謬為過謙之辭也。」

「謬」與「貓」、「為」與「尾」，兩字的諧音相近，故「謬為」被讀成「貓尾」。將「謬為」用作動詞時，可寫作「謬為之」，在諧音和文義的結合下，便被說成「扯貓尾」。扯貓尾即是幾個人合作裝假、作偽，設局蒙騙。

裝彈弓

zong1　　　daan6　　　gung1

—— 設圈套。

當我傻的嗎......

> 前面條路有個大窿，
> 但係又唔見有警告牌，
> 分明就係裝彈弓，等人跌落去。

「裝」，即安裝或放置；「彈弓」，即彈簧，有分拉或彈兩種功能。

廣州話中，「裝」也有「誘捕」的意思，如「裝老鼠夾」等，意思是用機關、器具去捕捉老鼠。除此之外，還有一些專門捕捉野獸的籠具，這些籠具通常都會配以彈弓，當獵物走進籠內咬食誘餌，觸動彈弓，籠具的門或鋼夾便會關閉或拍下，將獵物捕獲。

人們後以「裝彈弓」意指設局陷害別人的行為。

冇檳榔

mou5　　ban1　　long4

噍唔出汁

ziu6　　m4　　ceot1　　zap1

—— 空穴來風，未必無因。

>
> 佢兩個成日攪頭攪髻，
> 話唔係拍拖都冇人信，
> 冇檳榔都噍唔出汁喇。

檳榔別名賓門、仁頻、仁梣等，與椰子同屬棕櫚科常綠喬木，主幹可長至廿公尺。檳榔原產於馬來西亞，原是重要藥用植物之一，剖開煮水喝可驅蛔蟲。

明朝李時珍所著《本草綱目》有記載如下:「嶺南人以檳榔代茶禦瘴,其功有四。一曰:醒能使之醉,蓋食之久,則熏然頰赤,若飲酒然,蘇東坡所謂紅潮登頰醉檳榔也。二曰:醉能使之醒。蓋酒後嚼之,則寬氣下痰,餘醒頓解,朱晦庵所謂檳榔收得為袪痰也。三曰:飢能使之飽,四日飽能使之飢。蓋空腹食之,則充然氣盛如飽,飽後食之,則飲食快然易消。」

一般所謂的檳榔,俗稱菁仔。昔日廣府人喜歡嚼檳榔,粵音稱咀嚼為「噍 (ziu6)」,以檳榔果為主要成分,並以荖葉、荖花荖藤和石灰作為配料,放入口中咀嚼。檳榔果含有多種營養成分,其中「檳榔素」能促進消化道的蠕動、使瞳孔收縮、心跳降低,正常量時可增加唾液分泌及引起發汗現象,因此,「冇檳榔噍唔出汁」就如此而來,引申出「空穴來風,未必無因」之意。

茶 caa4
瓜 gwaa1
餸 sung3
飯 faan6

好 hou2
人 jan4
有 jau5
限 haan6

—— 壞人。

> ❝
> ## 你睇佢蛇頭鼠眼，
> ## 一定係茶瓜餸飯，好人有限！
> ❞

茶瓜，是將白瓜用醋、糖等調味料醃製而成的食品，味道甜而帶酸，可佐膳放湯。

俗語說「茶瓜餸飯，好人有限」，原意是指茶瓜性質平和，甜酸可口，即使虛弱病人胃口不好，也可用來佐膳。好人是指健康的人，好人有限，則指病人。以茶瓜來餸飯的人，十有八九都不會是一個健康的人。後來「好人有限」引申出另一意義——意指不是好人，而是壞人。

食穀種

sik6　　guk1　　zung2

── 食老本，殺雞取卵。

> 幾個月都冇工開，惟有食穀種喇。

農民在收割稻米時，都會留下一批穀，作為下一次播種的種子，此為穀種。正常情況下，穀種是不會用作糧食，因為把穀種吃掉，下一造就沒有種子，就會沒有禾稻，結果沒有收成。但是如果該年失收，缺乏糧食，農民就要被迫將穀種拿來食用。

於是，「食穀種」就相當於「殺雞取卵」，形容生活窮困，迫不得已要「食老本」。

割禾青

got3　　wo4　　ceng1

—— 一贏錢就走。

> 講明開枱起碼要打夠八圈，
> 點知陳仔連食幾鋪爆棚，
> 就話屋企有事要走先，分明想割禾青啫！

禾，即禾稻，在禾稻成熟時，禾穗會呈金黃色，這時的禾稻就可以收割。但禾稻還沒有成熟的時候，未有結穗的禾稻則呈青色。

「割禾青」，意即在禾稻尚未成熟的時候就收割。用於賭博的時候，意指贏了錢就走人，不給別人反擊翻身的機會。

走先！
我屋企有事，

拋生藕

paau1　　　sang1　　　ngau5

── 吸引男性。

> **對面個女仔，**
> **望住陳仔眨眉眨眼，猛拋生藕。**

據說拋生藕一詞源出戲班。在粵劇中，花旦的衣服都是闊袍大袖，將身體包得很嚴密，但生旦相會時，花旦表演耍水袖時，將水袖輕輕捲起，露出部分手臂，然後將水袖拋向小生，以表達對男性的傾慕。而女性的玉臂似鮮藕，鮮藕，即生的蓮藕，故稱為「拋生藕」。

「拋生藕」與「放生電」近義。無論「拋生藕」或「放生電」，雖屬貶義，亦無不雅。

夠薑

gau3　　　goeng1

—— 有實力，夠膽量。

> 老趙咁大隻，陳仔咁細粒，
> 陳仔竟然夠薑同老趙打拳？

薑有添丁之意。廣府人家的風俗，男家往女方家提親，過了大禮之後，女家要回禮給男家，回禮的禮物，除了大桔、蓮藕、禮餅、海味外，還必然帶有一對生薑，以表達「多子多孫、兒孫滿堂」的美好祝願。而每當婦女生完寶寶之後，都會食用薑醋，有祛風散寒、活血去瘀、幫助子宮收縮的作用，因此薑醋又叫「添丁薑醋」，所以薑有添丁的象徵。

香港地區眾多神誕，每個誕期都有慶祝活動，花炮必不可少。花炮是一座供奉神靈的紙紮裝飾物，大小不一，其頂部會寫上花炮會所屬的鄉、村、或堂口名稱。正中高處必然有一個裝扮威猛的神像，代表紫微正照，其側有不少龍、鳳、麒麟、八仙、三星、天兵、神將、燈籠、蝙蝠等等，除此之外，還掛有生菜、生薑，寓意生財及子嗣。

如果過去的一年，花炮所屬的鄉、村、堂口增加了一個男丁，花炮上會掛一串薑頭，兩個男丁，就會掛兩串薑頭，如此類推。一看花炮上所掛的薑頭有多少串，就知道該年增加了多少男丁。薑越多，表示男性人口增加，人多勢眾，夠實力，反之則勢單力弱。

「夠薑」一詞，後來引申出形容別人「夠膽」、「有勇氣」之意。

生舊薑都好過生你！

種薑

zung3　　goeng1

── 生兒育女。

> 今日只係年廿八，
> 陳仔就趕住返鄉下慰妻，話返去種薑。

種薑，即是希望生兒育女。

上世紀六七十年代，很多單身男子來港謀生，及後回鄉結婚，兩夫婦聚少離多，所以一到農曆年尾，就會趁春節假期回鄉與妻子團聚。隔了不久，就會傳來喜訊，鄉中嬌妻夢熊有兆，將會增添人丁。到了秋天就要煲定薑醋，以備產婦食用。因此，春節回鄉與妻團聚，就戲稱為「種薑」，到了秋天，天賜麟兒，就有薑可用。

炮製

paau3　　　zai3

── 烹調、處理。

好熱呀......

> **❝** 陳仔份人好花弗，見到女仔就口花花，**❞**
> 遲早會俾佢女朋友炮製。

炮，中藥製法之一，用中草藥原料製成藥物的過程。有火製，水製或水火共製等加工方法。目的主要是加強藥物效用，減除毒性或副作用，便於貯藏和便於服用等，例如炮薑。陸游《離家示妻子詩》：「兒為檢藥籠，桂薑手炮煎。」

「炮」亦通「庖」，即廚師。《韓非子・難二》：「凡為人臣者，猶炮宰和五味而進之君。君弗食，孰敢強之也。」

炮製，本來指按照一定的方法製作中藥。現時亦比喻有樣學樣，照着現成的去做，如法炮製。炮製亦有被整治、修理的意思。

摸茶杯底

mo2　　caa4　　bui1　　dai2

—— 私下商談。

> **有件事想搵你幫手，陣間去摸吓茶杯底。**

上茶樓飲茶，茶樓伙計會按茶客要求將沖好的茗茶送上，並附上一個洗水盅，茶客會將茶杯放入洗水盅內，然後將滾茶沖入水盅，將茶杯再沖洗一次才使用。

由於熱茶很燙，因而浸在洗水盅內的茶杯也會很燙手，而手又可能不潔淨，不能用手直接將茶杯拿起，於是茶客會用一雙筷子夾着茶杯邊，令茶杯慢慢轉動，使茶杯周遭全部都經熱茶沖洗過。

茶杯較重，難以用筷子完全夾起來，但茶杯底較厚，用手指觸踫茶杯底一般不會覺得熱。於是人們洗杯後會以一隻手用筷子夾着茶杯，另一隻手以手指摸着茶杯的底部，雙手將茶杯放回枱上。這個程序就叫摸茶杯底。

而「摸茶杯底」逐漸成為上茶樓飲茶的代名詞。與人有事商量，通常都會上茶樓邊飲茶，邊商討。但與「摸酒杯底」，意思則有些不同了。

斟

zam1

—— 商量。

> 唔好走住，我有啲事要搵你斟斟。

「斟」，是指往杯盞裏倒飲料的動作，例如：斟茶、斟酒。
廣府人喜歡飲茶，飲茶時，各人會不斷互相向對方的茶杯斟
茶，向對方斟茶的動作被視為禮貌。

當眾人有事商量，通常都會約在茶樓飲茶，邊飲邊談，一方
面談論，另一方面互向對方的茶杯斟茶。於是「斟」成為商
量、討論的代名詞。「斟世界」的說法亦由此而來。

開火爨

hoi1　　fo2　　cyun3

—— 燒火做飯。

> 陳仔一個人住，
> 一日三餐都幫襯快餐店，唔會開火爨。

「爨」，廣府話讀「串」，即煮食。三國魏時張揖撰的《廣雅》有註：「爨，炊也。」南唐徐鍇《説文繫傳》：「取其進火謂之爨，取其氣上謂之炊。」

昔日的商户多有供膳食，催請伙頭煮飯，稱為開火爨。伙頭即廚師。但時至今日許多古老行業如南北行、海味舖也愈來愈少自開火爨，漸為包伙食所取代。但仍有些店舖還保留伙頭一職，為店中伙伴提供膳食。

你有牛白腩，

nei5　　jau5　　ngau4　　baak6　　naam5

我有荔枝柴

ngo5　　jau5　　lai6　　zi1　　caai4

—— 實力相當。

> 你隊球隊雖然後生，
> 但我隊波勝在夠經驗，
> 正所謂「你有牛白腩，我有荔枝柴」，
> 打過至知。

牛白腩亦稱牛腩，即牛腹部及靠近牛肋處的鬆軟肌肉，是指帶有筋、肉、油花的肉塊，分有坑腩，爽腩、腩底、腩角、

挽手腩等。由於牛腩肉質較粗及帶有筋，所以需用較長時間烹調，才可入味及夠軟身。

以前未有石油氣或煤氣的年代，煮食都是用柴。用荔枝樹的樹枝做的荔枝柴，因為火力較強勁及耐燒，用來燜牛腩就最適合，所以就有「你有牛白腩，我有荔枝柴」的俗語，意指實力相當，能夠抵擋。

火燭鬼

fo2　　　zuk1　　　gwai2

—— 心急。

> **呢個人諗都唔諗，話做就做，
> 正一火燭鬼。**

香港開埠初期並無消防局，香港消防處的歷史源於 1868 年 5 月 9 日刊登於香港政府憲報的以下文告：「依照法例，總督有權從警隊及其他志願人士中挑選合適者組成一支隊伍，負責本港的滅火工作，以及在火警發生時，保障市民的生命財產，並為該隊伍提供消防車、消防喉、消防裝備、工具及其他必要設備。此舉不但可使該隊伍配備齊全，更有助於提高其工作效率。根據本條例成立的消防隊伍命名為香港消防隊，由香港消防隊監督統領……。」

當時消防隊有隊員 62 名，另有約 100 名華籍志願人員輔助。編制如下：1 名監督，1 名助理監督，2 名隊長，4 名助理隊長，54 名外籍消防員及 100 名華籍義勇消防員。除了華籍義勇

消防員，其他人等皆從外籍警員中挑選出任。而消防局隸屬於警署，平日如無火警，華籍義勇消防員無須在消防局內候命，亦無工資。

1857 年中環威靈街五號警署落成，1868 年消防隊成立，第一所消防局設於警署內。消防局只有一名師爺駐守。當有火警發生，火警鐘響起，師爺就會攀上瞭望台找出火頭，然後趕回台下搖動銅鐘，召集義勇消防員出發救火，在警局辦公的外籍消防員就脫掉警服，改穿消防衣，戴上頭盔趕去救火。

至於所謂義勇消防員，其實是一批華籍苦力，平日沒有工開，就聚集在消防局對面的商戶騎樓底，聽候火警鐘響起。一聽到師爺搖動銅鐘，就立即跑進消防局，分別發動救火車，搬出帆布救火喉，放在車上，一切準備妥當，就戴上竹笠帽，拉走水車向火災現場出發。

當時全港唯一一部救火機器靠蒸汽發動，車身裝有一個火爐，要先在爐內生火，產生蒸汽，才可推動水泵抽水，射水救火。由於救火車異常笨重，需要出動大批苦力才可拉動。除了蒸汽發動的水車外，亦有以人手操作的小型水車，用人手上下抽動，將水泵出往消防喉，由消防員持喉救火。義務消防員每次出勤，都有數角錢的工資，在當時是不錯的收入。

因為是用水車載水來救火，所以消防局就被稱為「水車館」，而全職消防員均為外籍人仕，所以消防員就被稱為「火燭鬼」，救火要快、要急，於是「火燭鬼」就成為心急的代名詞。

魁斗

fui1   dau2

── 鬼佬、歐籍男士。

> ## 呢班魁斗飲大咗兩杯，
> ## 快啲行快兩步，避之則吉！

「魁斗」一詞本指魁斗星君，簡稱「魁星」，原為「奎星」，為讀書士子的守護神。在古代但凡司科甲主文事之星宿都稱為「文昌」，又稱為「文曲星」，本是星官名，屬紫薇垣，包含六顆星，文昌是斗魁（魁星）之六顆星的總稱。《史記.天官書》：「斗魁戴匡，六星曰文昌宮：一曰上將，二曰次將，三曰貴相，四曰司命，五曰司中，六曰司祿。」民間的説法，就是北斗七星中的六星。古代星相家將其解釋為主大貴的吉星，道教尊其為主宰功名、祿位之神。後人對「魁星」以「魁」字造像，魁星樣貌有如赤髮藍面惡鬼，立於鰲頭上，一腳向後蹺起，一手捧斗，另一手執筆，表示在用筆點定中試者的名字，這就是「魁星點斗，獨佔鰲頭」。廣府人稱歐籍男士為「鬼佬」，魁星狀如鬼，於是亦稱歐籍男士為「魁斗」。

上世紀五六十年代有很多街頭小販，那時未有小販管理隊，拉小販的任務由警察執行，通常一隊警察會由一位外籍督察帶隊，小販一見到這位外籍執法者，就會大叫：「走鬼呀，快啲走喇，個魁斗冇人情講㗎！」「鬼佬」一詞並無貶意，但「魁斗」一詞則稍有不敬。

做到隻積咁

zou6　　dou3　　zek3　　zik1　　gam2

── 工作辛苦。

> 日日返工都搏晒命，
> 身水身汗，做到隻積咁。

「積」，即千斤頂的英文名稱 Jack 的音譯。

千斤頂是頂舉重物的輕小型起重設備，專門用作機械維修工作。使用時將千斤頂放在物件之下，可將物件頂高昇起。例如汽車要換車胎時，就要用「積」將車身頂起，才可進行。

歌神許冠傑唱到街知巷聞的一首歌〈半斤八兩〉中有句歌詞「做到隻積咁嘅樣」，就是説打工仔工作辛苦，負荷過大。

蘇
sou1

蝦
haa1

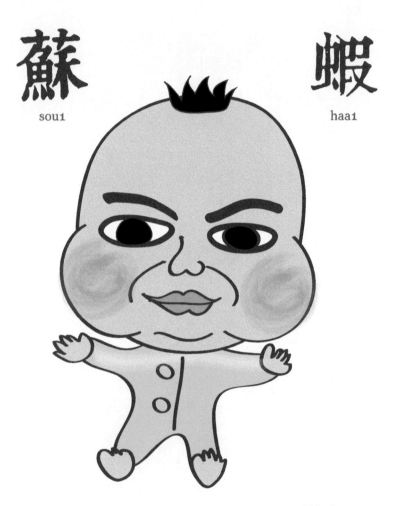

── 嬰兒。

> 個蘇蝦眼仔睩睩，好得意，
> 真係好抵打。

蘇蝦，即嬰兒，正寫應為「臊猵猟」，就是指初生的嬰兒。

廣府人把嬰兒叫做「猵猟」，其實是模仿嬰孩哭聲的一個象聲詞。而「蘇」有生產、分娩的意思。剛出生的孩子身上有股奶臊味，「蘇」亦是「臊」的變音。

廣東話關於嬰兒有許多叫法，男叫蘇蝦仔，女叫蘇蝦女，現在一般都稱之為 BB 仔或 BB 女了。

華宗

waa4　　zung1

—— 同姓。

> 大家都姓陳，
> 同姓三分親，都係華宗。

廣府人將和自己同姓或同族的人，稱為華宗。華宗的本義指古代的貴族，即名門望族。後人泛用，認為自己是名門望族，自抬身價，亦互稱為華宗。

華宗之詞早見諸古文。三國魏·曹植《上疏陳審舉之義》：「三監之釁，臣自當之，二南之輔，求不必遠，華宗貴族藩王之中，必有應斯舉者。」《文選·任昉》：「公生自華宗，世務簡隔。」張銑注：「言生於富貴之宗。」宋·陸游《老學庵筆記》卷二：「秦會之以孫女嫁郭知運，自答聘書曰：『某人東第華宗，南宮妙選，乃肯不卑於作贅，何辭可拒於盟言。』」

我姓曾

我又姓曾

無間道

mou4　　gaan3　　dou6

—— 間諜、臥底。

> **"事頭專登請呢個人返嚟睇住我哋，"**
> 都唔知佢係唔係無間道！

「無間道」一詞出自《涅槃經》第十九卷。佛曰：「八大地獄之最，稱為無間地獄，為無間斷遭受大苦之意，故有此名。佛曰：受身無間者永遠不死，壽長乃無間地獄中之大劫。」《地藏菩薩本願經卷上》：「如是等輩，當墮無間地獄，千萬億劫，以此連綿，求出無期。」

2002 年有一系列電影以「無間道」為名，《無間道》故事的主角是兩名臥底人士，分別為警方及黑社會做事。由於電影大受歡迎，所以現時不少香港人都以「無間道」三字來形容類似間諜的人和事。

三年之後又三年……

三年之後又三年……

墨七

mak6　　cat1

—— 小偷。

> 夜晚要小心門戶，
> 提防啲墨七嚟偷嘢。

「墨七」原為「嚜屎」，見諸西漢 (公元前 206 年至公元 9 年)
揚雄《方言》第十：「嚜屎，獪也。江湘之間謂之無賴，或謂
之獠，凡小兒多詐而獪，謂之嚜屎。」又曰：「江淮稱無賴。」

「嚜屎」即是無賴、狡獪之意。「嚜」，古韻書多音之為「媚」
或「寐」。至於「屎」字，《唐韻》為「丑利切」，音近癡。由
於原字太僻，因此廣府人便將「嚜屎」讀為「墨七」，而「墨七」
一詞，原意為無賴、狡獪，後轉義為小偷。

你個荷包都唔知點解會喺我手上。

傾偈

king1　　gai2

—— 談話，聊天。

傾偈

> # 得閒搵你飲茶，傾吓偈。

粵語的「傾」，意指傾聽、傾訴、傾吐。

「偈」，梵文 Gāthā 的音譯「偈陀」，亦有譯伽陀、伽他的，簡稱偈，意為頌、諷頌。偈是佛經體裁之一，主要有兩種：一曰通偈，由梵文三十二個章節構成；二曰別偈，共四句，每句四至七言不定。僧人不時用這種四句韻文闡發佛理。最有名的佛偈，是六祖惠能的「菩提本無樹，明鏡亦非台。本來無一物，何處惹塵埃」。惠能提倡頓悟，這種偈，很能體現及提升人對佛學的理解和造詣。蘇軾與佛印和尚，便常常對偈。他們對偈，像談話聊天。

傾偈，即傾談佛偈，引申作傾談任何事物。「傾吐」、「傾訴」、「傾談」，簡化成「傾」，與「偈」組成「傾偈」，便指「談話、聊天」，指最少兩個人之間同對方的對話。傾偈可以是有意義的交流，亦可以係純粹為打發時間而隨便說幾句。

過咗海

就係　神仙！

過咗海

gwo3　　zo2　　hoi2

就係神仙

zau6　　　hai6　　　san4　　　sin1

── 過了此關，以後再算。

> 考完期中考試，
> 過咗海就係神仙，到大考再諗。

「過咗海就係神仙」，此語出自八仙過海的民間故事。

八仙是民間傳說中的八位仙人，分別是漢鍾離、張果老、呂洞賓、鐵拐李、韓湘子、曹國舅、藍采和及何仙姑。

故事講述八仙在給西王母拜壽完畢，辭行之時，忽然望見東海白浪滔天，風濤拍岸，浩浩蕩蕩，無涯無際，覺得好玩。於是八仙決定渡過東海，順便參加蓬萊仙島的龍華會。

鐵拐李第一個過海。只見他把手中的拐杖拋入東海，拐杖像一葉小舟，浮在水面上，鐵拐李自立其上，乘風逐浪到達了對岸。緊接着漢鍾離將蒲扇投入水中，站在蒲扇上，穩穩當當地渡過了東海。輪到張果老時，只見他不緊不慢地將他的紙疊驢投入海中，張果老倒騎在驢背上，一會兒就到了對岸。何仙姑將荷花往水中一拋，佇立荷花之上，隨波漂流到了對岸。隨後，呂洞賓以寶劍，韓湘子以竹笛，藍采和以花籃，曹國舅以玉板投入海中，各自借助寶物法器大顯神通，渡過東海，逍遙自在地去赴神仙會。

八仙得以過海，因為都是神仙。廣府人藉着八仙過海的故事，引申出「能憑自己的本事過了一關，就能快活過神仙」之意思。

你有張良計，

nei5　jau5　zoeng1　loeng4　gai3

我有過牆梯

ngo5　jau5　gwo3　coeng4　tai1

—— 旗鼓相當。

> 今晚同陳仔隊波比賽，
> 佢班波經驗老到，我哋勝在後生，
> 正所謂你有張良計，我都有過牆梯。

張良（公元前 250－185 年），字子房，漢高祖劉邦的謀臣，為漢王朝的開國元勳之一，亦為漢初三傑之一。張良在輔佐劉邦的過程中，經常出謀劃策，如擊敗秦兵入咸陽；設計為劉邦逃過項羽的鴻門宴；勸劉邦燒絕所過棧道，表示沒有同項羽爭奪中原之意；垓下之戰獻計戰勝楚軍；劉邦欲廢太子，呂后也是用張良計使劉邦改變主意，得以保全太子。

張良的計策成為出奇制勝的代名詞，後人把好的計策都稱為「張良計」。而「過牆梯」是後來的人為了說明自己也算高明，可以與張良計作比較，以示旗鼓相當。

窮過蒙正

kung4　gwo3　mung4　zing3

—— 身無分文。

> 而家糧尾，窮過蒙正，
> 大食會唔使預我。

呂蒙正，宋朝人。字聖初，河南岳陽人。幼時被父遺棄，受盡人間貧寒冷眼，曾與母同住寒窰，以乞討為生。後發奮讀書，最終官至極品。後人以「窮過蒙正」來形容貧困。

呂蒙正的事蹟亦被寫為戲曲，《古本戲曲叢刊》初集影印明李九我評本。寫書生呂蒙正家道貧困，但頗有才學。當時丞相劉懋為女兒劉月娥招婿，劉月娥選中了呂蒙正。劉懋為了激勵呂蒙正發憤上進，便將蒙正夫婦逐出相府。呂蒙正與劉月娥只好到破窰安身。

他每日去白馬寺趕齋充飢，寺僧遵照劉懋所囑，將飯前撞鐘改為飯後撞鐘，讓蒙正不得食。蒙正受盡屈辱後，發奮讀書，終於狀元及第，衣錦榮歸。這時劉懋說明當初逐出蒙正夫婦之真相，於是翁婿和好。

苦過金葉菊，

fu2　　gwo3　　gam1　　jip6　　guk1

慘過梁天來

caam2　　gwo3　　loeng4　　tin1　　loi4

── 遭逢不幸，生活悲慘。

> 近日股票大跌，基金縮水，
> 副身家冇咗大半，真係苦過金葉菊，
> 慘過梁天來。

「苦過金葉菊」的金葉菊是從清朝就流傳下來的民間故事。故事說張林兩家本為世交，而林家小姐月嬌亦早已許配與張家公子彥麟，張家有金葉菊贈予林家作為聘禮之約。豈料奸徒歐雲光垂涎月嬌的美色，深夜盜進林府，奪去金葉菊，恃勢強迫月嬌下嫁給他。張家得知此事，立即安排彥麟與月嬌成親。然而在成親之夜，張老爺卻猝然仙逝，結果彥麟離家

遠去。月嬌托義妹周家小姐玉仙代為照顧彥麟，並應允彥麟與玉仙成親。此時，雲光設毒計先偽造家書，説彥麟的母親病重，騙彥麟告假探親，然後再在桃花洞將彥麟殺害。天理昭昭，彥麟向家人報夢，彥麟與月嬌之子桂芳夜掘彥麟的屍首，報案懲奸，昭雪成功，而月嬌、桂芳母子在玉仙的安排下，終得以一家團聚。

而「慘過梁天來」中的梁天來是廣東番禺人，生於清朝雍正年間，其表弟凌貴興以梁天來之祖屋石室妨礙祖墳風水為由，要把石室買下，但被梁天來所拒，凌貴興懷恨在心，與叔父凌宗孔、表叔區爵興等人合謀設計殺害梁天來，但在行事當日，梁天來兄弟二人卻去了廣州，當凌貴興所聘的一夥強盜來到梁家，梁天來家人驚聞打劫，慌亂之中，全部躲入石室，匪徒放火燒石室，結果除母親倖存外，一家包括已有身孕的妻子都死亡，釀成七屍八命慘案，而凌貴興惡行卻被乞丐張亞鳳得知，並聯同梁天來告狀，但凌貴興賄賂朝廷大小官員，並要截殺梁天來，結果把張亞鳳燒死，造成此案九命奇冤，幾經波折，梁天來不停向上逐層告狀，最後終於沉冤得雪，將凌貴興等人正法。

這兩個故事都被編成粵劇。在眾多粵劇中，有説苦情戲苦唔過《金葉菊》，慘唔過《梁天來》。

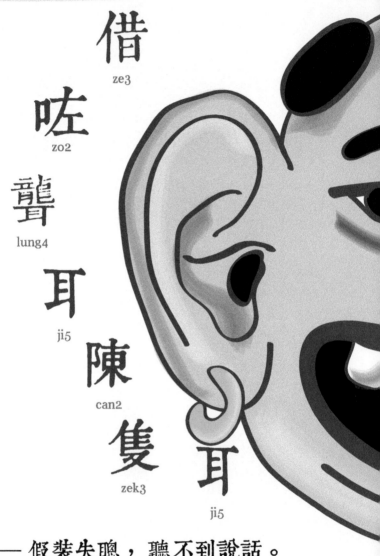

借 ze3

咗 zo2

聾 lung4

耳 ji5

陳 can2

隻 zek3

耳 ji5

—— 假裝失聰，聽不到說話。

> 我叫咗佢唔好咁夜返屋企，
> 點知佢借咗聲耳陳對耳，
> 到依家都未見人。

「聾耳陳」的「陳」，原為「聆」，即是聽也，古同畛字，廣府話畛音「診」。廣東人以姓氏當作人名呼對方時，習慣把姓氏轉讀成上聲。例如稱呼黃先生為「阿枉」，稱呼陳先生會轉呼為「阿聆」。因「聆」與「陳」同音，故「聾耳聆」即失聰，自然被人誤會作「聾耳陳」了，意指人扮耳聾，自然是任何聲音都聽不進了。

稱呼睇相佬為盲公陳，亦可能源出於此。廣府人稱失明男士為盲公，失明女士為盲婆。「盲公陳」的陳，與「眹」字有關。眹字讀診音，意即眼珠、瞳仁。漢・劉向《新序・雜事一》：「晉平公閑居，師曠侍坐，平公曰：『子生無目眹。甚矣，子之墨墨也！』」《周禮・春官・瞽矇註》：「無目眹謂之瞽。有目眹而無見謂之矇。」無目眹，即是沒有眼珠，形容盲眼，當然是「盲眹」了。《韻》注云：「吉凶形兆謂之兆眹。今人誤以眹為朕，又為朕兆，於古無據。」既然「眹」與灼龜、占卜、徵兆有關，而讀聲亦為「陳」的上聲，因此推斷今日以占卦算命為生的人，特意以「盲公陳」作招徠。

聽出耳油

teng1　ceot1　ji5　jau4

——悅耳、動聽。

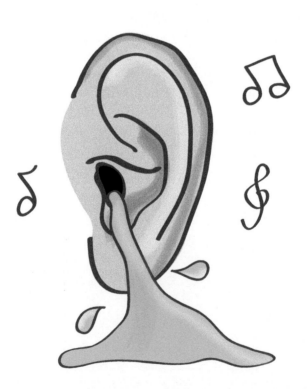

> 頭先哐個首歌，夠晒經典，
> 真係聽出耳油。

「耳油」的本字應是「耳郵」。「耳郵」一詞見於《眉廬叢話‧清‧況周頤》：「先是，相國駕出時，傳諭庖人整備者，湯凡三進。相助整理煙具者，亦在朵頤之列。蓋此人即下次整理煙具者。若舊制，簡授差缺，此次擬陪者，下次必擬正，亦故事也。已上各節，或目驗所經，或耳郵所得，不必皆據為事實，而又無秘辛焚椒之筆，足以傳之。」

上文中「目驗所經，或耳郵所得」，即是「親自目睹，或親耳聽過」。「出」指超出、超越，「耳郵」即是聽說過。「聽出耳郵」，即是形容從未聽過一首如此好聽的歌。但現時會說為「聽出耳油」。

一眼關七

jat1　　　ngaan5　　　gwaan1　　　cat1

—— 及時洞察。

> 66
>
> 條街咁多車，
> 過馬路時真係要一眼關七。
>
> 99

「關」，意指關注；「七」，是指前、後、左、右、上、中、下七個方位。

一眼關七，就是同時注意着、照顧到多方面的情況。

一殼眼淚

jat1　　hok3　　ngaan5　　leoi6

—— 傷心。

> ❝ 　近日股市大跌，
> 　副身家唔見咗大半，
> 　今次真係一殼眼淚。 ❞

廣府人形容傷心為「一殼眼淚」，從字面上看是眼淚盛滿一水殼，形容悲傷之甚，十分形象。昔日用來盛水的水殼，是用去掉椰衣的椰殼，連上竹柄，因此稱盛水的容器叫「殼」。

而「一殼眼淚」的本字應是「一眶眼淚」。眼眶是眼皮邊緣所構成的框，流淚時眼水會充滿在眼眶內，即是熱淚盈眶。

廣府人將「眶」轉讀如「殼」，變為一殼眼淚。比諸一眶眼淚，更為貼切。

大喊十

daai6　　haam3　　sap6

—— 大驚小怪。

> **未曾睇真就亂咁嗌，真係大喊十！**

「大喊十」一詞出自一部電影《十兄弟》，是香港一部粵語長片，於 1959 年上映，背景為民國初年。

故事中一對以捕魚為生的夫妻，偶然在海邊得到十顆珍珠。軍閥得知這個消息後，便想盡方法奪取，情急之下，妻子把珍珠吞進肚內，但當晚她竟然誕下十個嬰兒，而嬰兒又一夜之間長大成人。十個兒子有不同的特異功能：千里眼能看見極遙遠的東西；順風耳能聽到極遙遠的聲音；大力三雙手力大無窮；韌皮四刀槍不入；飛天五能夠飛行；鐵頭六頭骨極硬；高腳七雙腳可變長，健步如飛；遁地八能夠遁地；大口九能吹出強風；大喊十的淚水可治病。在十兄弟團結一致之下，終於打敗了軍閥。其中年紀最小的是大喊十，當遇到不順意的事情，便手足無措，只會大喊，所以叫大喊十。

鼻齃窿冇肉

bei6　　　go1　　　lung1　　　mou5　　　juk6

── 驚怕。

> **❝** 剛剛想過馬路，突然有車衝紅燈，
> 嚇到我鼻哥窿都冇肉。 **❞**

「齃」，音「柯」或「壓」，即鼻樑，廣府人將「鼻齃」稱為「鼻哥」，即源於此。

鼻哥窿即鼻孔，鼻孔本來就沒有肉，當人們受到驚嚇時，鼻孔會張大，只得鼻孔，更加看不見肉，人們以此句形容人十分驚恐的樣子。

鋸鼻

goe3　　　bei6

── 結識女性，輕薄女性。

> p個個商場好多靚女，
> 陳仔成日借啲意走去鋸鼻。

「鋸鼻」一詞，出自粵劇中的術語。

戲中的男丑角看上想輕薄的女性時，都會有個用食指或扇子在鼻與唇之間橫推的動作，有如拉鋸，十分形象。

「鋸鼻」一詞在七八十年代較為時興，「鋸鼻」的意思與現時粵語中的「搭訕」、「溝女」近似。

小姐我覺得你好面善，
　　　　　可能我哋發夢見過！

面左左

min6　　　zo2　　　zo2

—— 情意不合。

> 陳仔同黃仔因為小事嗌交，
> 而家兩個見到對方都面左左。

兩人情意不合，面不相向，稱為「面左左」。

此語出自北魏崔源所撰《十六國春秋》中的一部〈南涼錄〉二，卷八十九：「示人以弱，計之左也。」南涼（397-414 年）是十六國時期河西鮮卑貴族禿髮烏孤建立的政權。

而「左」有違反之意，面左左，即面相違反也。

撚手

nan2　　　sau2

── 很熟練、有把握。

> "難得請到陳仔嚟食飯，
> 一於整返幾味撚手小菜招呼佢。"

撚：以手撚物也，見《廣韻》按通俗文：「手捏曰撚，俗作『捻』、『攊』。」《説文》：「撚，揉也。」《白居易・琵琶行》：「輕攏慢撚撥復挑。」《一切經音義》：「手捏曰撚。」《新方言》：「引綿作線，揉紙使緊，曰撚。」「揉紙使緊」，指舊時抽水煙袋用來引火搓的紙撚，用絲搓線或用紙搓紙撚都是慢工出細貨，此種工夫叫「撚手」。精心製作叫「撚手」，例如「撚手菜」。

「撚」可引申為玩弄，例如「撚花樣」，即玩花樣；又引申為捉弄，「撚」指捉弄時也叫「撚化」，「撚化」是「撚花樣」縮略後將「花」念如「化」，例如「唔好撚化佢」。

頂手

ding2　　　sau2

── 承接資產。

> 我間茶餐廳好旺場，
> 而家讓咗俾你，要收返啲頂手費。

「頂手」應為頂首，舊指頂承胥吏等職位所需的錢。

明嘉靖、萬曆年間，宦官當權，政治腐敗，賣官鬻爵盛行。勢要豪門都設法將子弟親屬安插在中央各個衙門，位據或大或小的職位。這些勢要子弟志不在官，卻志在財，把官職待價而沽，而想求官者則價高者得，雙方議價成交後，售官者即引病辭官，並引薦買官者入替，這筆出售官職的金錢，當時就叫「頂首銀」。

《水滸傳》第九十一回：「各州縣雖有官兵防禦，都是老弱虛冒，或一名喫兩三名的兵餉，或勢要人家閒着的伴當，出了十數兩頂首，也買一名充當，落得關支些糧餉使用。」明·吳應箕《江南汰胥役議》：「隸快之在官者，各有買窩之銀，

今所謂頂首也。往時不過以十計,近且以百計矣。」《醒世姻緣傳》第八十一回:「只是衙門中人,使了頂首,買了差使,家裏老婆孩兒都指着要穿衣吃飯哩。」

此種出售特權而獲取「頂首銀」的交易,今天仍然存在,轉稱為「頂手費」。一般來說,頂手費是指租客在簽署租約時付給上一位租客或業主的一筆過而不用退還的款項,以頂承其資產。受自由經濟的供求法則所左右,與封建社會的賣官有性質上的不同。

另外還有一種稱為「鞋金」的費用。香港在戰後初期,樓宇的租金受到管制,業主不可隨便加租。但因為市場租值與受管制租值差距愈來愈大,業主可以巧立名目,在租金以外,收取鞋金、鎖匙金、家具費和頂手費等,以彌補損失的差價。而這些費用是不會退還給租客的。所謂鞋金,業主的解釋是他要找人租住,鞋也走破,所以要收取鞋金來彌補買鞋的金錢。

三隻手

saam1　　zek3　　sau2

—— 扒手，小偷。

> 呢度人頭湧湧，
> 好多三隻手喺度搵食，
> 小心睇住個銀包。

「扒手」應為掱手。

「掱」字讀扒音，扒手即從別人身上竊取不義之財的小偷，清・徐珂《清稗類鈔・盜賊類・掱手》：「滬人呼翦綹賊曰掱手，猶言扒手也，亦曰癟三碼子。」

由於掱字由三個手字組成，掱字的正音很多人不會讀，於是將掱手說成三隻手，因為一般人只有兩隻手，一眼可以看見，但扒手專門從人身上偷取財物，但又不易被人發覺，好像有第三隻手一樣，所以稱掱手為「三隻手」。

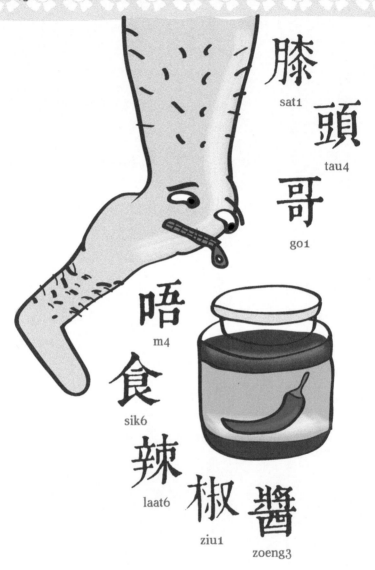

膝 sat1
頭 tau4
哥 go1

唔 m4
食 sik6
辣 laat6
椒 ziu1
醬 zoeng3

—— 欺騙。

> ## 叫我俾啲金飾過你，
> ## 等你同我祈福？
> ## 你呃我膝頭哥唔食辣椒醬？

《廣韻．科》：「髁，膝骨。」髁音「顆」或「科」，義同。

廣府人稱膝蓋骨為膝頭，髁轉音「哥」，因此膝蓋被稱為膝頭哥。這句俗語全句應為「呃我膝頭哥唔食辣椒醬」。膝頭哥不是人，不是阿哥，當然不食辣椒醬，如此簡單的事情還要拿來騙人，當然不會有人相信。

另有一句俗語亦與膝頭有關，就是「膝頭哥繳眼淚」。形容一個人傷心欲絕，坐在地上，將頭埋在雙膝之上，用膝頭來抹眼淚，而不用手或手巾，遭遇悽涼，可想而知。

反骨

faan2　　　gwat1

— 不忠不義。

> **"** 佢老豆老母供書教學，
> 辛辛苦苦揹大佢，點知大個咗，
> 佢居然唔理兩老，正一反骨仔。**"**

「反骨」是指枕骨，又名後山骨。上面突出處，稱為「腦杓」。下面耳後突起者，名「完骨」。一些人枕骨突起，就具備了反骨的基礎，側面看他們的頭型，就像一個刻意誇張了的問號。同時，反骨也可以指額頭特別突出者，叫額前反骨，又稱「頭生反骨」。

在《三國演義》中，關羽引蜀漢名將魏延歸來，孔明卻「喝令刀斧手推下斬之」，劉備問何故，孔明説「吾觀魏延腦後有反骨，久後必反，故先斬之，以絕禍根。」因魏延「頭生反骨」，被諸葛亮認定為不忠之人，勢必要造反。

事實上頭長「反骨」並非就是不忠之人，只是古人為排除異己的藉口而已。在古人眼裏，腦有反骨，是被認為具有叛逆性精神的異端、不忠不義之人。粵語中的「反骨仔」就是這個意思。

發恂愗

faat3　　ngau6　　dau6

—— 發呆，冇精神。

> 點解有功課唔去做，坐係度發恂愗？

恂愗，音若「藕豆」。此為古漢語，形容愚昧無知。

《廣東俗語考》九，釋性質：「恂讀若牛去聲；愗讀若豆。《玉篇》，恂愗，愚貌。《楚詞》，直恂愗以自苦。《荀子》作傶愗，《說文》：瞀，低目謹視也。低目謹視，則神氣索盡可知。故人無精神，亦曰恂瞀。」本語原來解作愚昧，但現時已轉化為形容發呆的樣子。

今亦有寫成「發吽哣」。

掗拃

ngaa6　　　zaa6

—— 盛氣凌人、阻路。

> 呢個人行起上嚟，
> 成隻蟹咁，好掗拃。

掗拃，見諸《廣東俗語考》之〈釋身體〉篇註：「掗音迓。將髀擘開曰迓髀。」〈釋地理〉篇：「拃者阻之不行也。」即阻止去路之說。

《說文》：「掗，跨步也。若瓦切。」引申為「迓拃」之迓。髀既迓開，阻止去路，此「迓拃」之義也。

掗拃亦可解作盛氣凌人。

銷魂

siu1　　wan4

—— 美麗、神魂顛倒。

> " 呢位女士著住件旗袍，
> 體態美麗，好鬼銷魂。 "

「銷魂」一詞，本來是指靈魂離開肉體，形容極度的悲傷、愁苦或極度的歡樂。或神魂顛倒，失去常態，因愛好某種事物而着迷。古代不少詩詞均有以「消魂」形容分別時的心境。如唐·綦毋潛《送宋秀才》詩：「秋風一送別，江上黯消魂。」宋·陸游《夜與子通說蜀道因作長句示之》：「憶自梁州入劍門，關山無處不消魂。」

但港人卻以「銷魂」來形容女子體態美麗，令人着迷。1940 年香港有部電影名為「銷魂柳」，由當時紅星白燕、張瑛等主演。劇中由白燕飾演身嬌肉貴的千金小姐，因種種原因，流落到風流公子家中當女傭，化名為柳姐，而張瑛為白燕姿色所吸引，借故親近，更企圖夜半偷香。白燕心知張瑛立心不良，但為了金錢，唯有向張瑛施展忽擒忽縱手段，引來連番笑話。最後張、白二人亦有情人終成眷屬。此部電影當時大受歡迎，而「銷魂柳」一詞亦成為形容令人神魂顛倒的女姓。

鬼拍後尾枕

gwai2　　paak3　　hau6　　mei5　　zam2

— 不打自招。

> 陳仔尋日冇開工，請病假，
> 點知今日黃仔鬼拍後尾枕，
> 話尋日同陳仔打麻雀輸咗幾底。

後尾枕，應為後尾胗。

胗，音「枕」，頭之後為後胗。東漢許慎編著的《説文》:「胗，項枕也。」即頭後腦部分。有説人會將一些不欲為人所知的記憶藏於此處。

廣府人相信鬼是一種信則有，不信則無的神秘物體。「鬼拍後尾枕」，指人像被鬼魂在後腦一拍，把收藏在腦袋的秘密衝口而出。情形有如口中含着食物，但緊閉雙唇，但被人用手一拍後腦，就會不由自主，將口中含着的食物噴出。

擔屎唔偷食

daam1　si2　m4　tau1　sik6

—— 忠誠、老實。

> 搵陳仔管住盤數最好，
> 佢擔屎都唔偷食。

「擔屎唔偷食」，其實應該是「儋石不偷食」，和明代大文學家陳白沙有關。儋，音「擔」，和石都是古時的重量單位，一儋為一百市斤，一石為一百二十市斤，後來石亦改為一百斤。

陳白沙原名陳獻章（1428 至 1500 年），明代思想家、教育家、書法家、詩人，廣東唯一一位從祀孔廟的碩儒，主張學貴知疑、獨立思考，提倡較為自由開放的學風，逐漸形成獨特學派，史稱江門學派。他是新會江門白沙村人，人稱白沙先生。他為人耿直清高，五十六歲那年因母病向成化皇帝乞疏終養，辭官退隱過着清淡的日子，寧願向鄉里借貸，也不願接受朝廷俸給。都御史鄧廷瓚曾命令地方官員按月送米一石給他，他拒絕了，說自己「有田二頃，耕之足矣」。又有按察

使花巨金送他園林豪宅，他亦委婉回絕。見《堯山堂外紀·八六卷》記載：「白沙初年甚窶，嘗貸粟於鄉人，都御史鄧廷瓚檄有司月致米一石，歲致人夫二名，卻之以詩云：『孤山鶴啄孤山月，不要諸司費俸錢。』行人左輔出使外夷，以其師意致白金三十星，亦拒而不受。」

白沙先生的正直，寧願借貸也不願偷食朝廷一石米，當時的人便以「儋石不偷食」來稱道他能清廉自守。「儋石不偷食」訛變成粵語的「擔屎唔偷食」。

戙高床板

dung6　　gou1　　cong4　　baan2

── 不眠不休。

真係唔使瞓！

> ❝ 後日考試，呢兩晚真係要戙高
> 床板溫習功課，否則好易肥佬。❞

昔日睡床很簡單，用原木做床板，床板每件厚約一英吋，長六英呎，闊一英呎，三呎床，就用三塊床板架在床架上。四呎床就用四塊床板。夏天上面鋪一張草蓆，冬天鋪一張較厚的棉被或毛氈當床褥，就是睡床。戙起床板，就表示唔睡覺。

還有一句更誇張的——「戙起床板餓木蝨」，也是形容不眠不休。昔日衛生條件很差，許多人的家中都有一種愛吸人血的床蝨，專門藏身在床板的兩端，或者在床板的木縫內，又稱「木蝨」，將牠殺死後有種臭味，又叫「臭蟲」。到了人們入睡後，木蝨就會爬出來吸取人血，吃飽後又躲回木板內。為了殺死木蝨，每隔幾日就要「頓木蝨」——人們會將床板拿到街中，用手提高床板，再放手讓床板墮下，將木蝨震出來，跌落地上，此時就可用木屐逐一殺死木蝨。但是床板太重，拿到街上不方便，於是有人發明「木蝨棍」。用一條一英吋至一英吋半，長約兩英呎的四方木條，四面隔一定距離鑽一個小孔，讓木蝨鑽進去匿藏。木蝨棍放在床頭或床尾處，使木蝨不再躲在床板內，改而躲在木蝨棍中。只要拿木蝨棍到街中，敲打木蝨棍，木蝨自然就會被震出來。

一物治一物

jat1　　mat6　　zi6　　jat1　　mat6

── 相生相剋。

> **陳仔平時同人講說話就粗聲粗氣，**
> 有佢講，冇人講。
> 但見到女友出現，
> 就粒聲唔出，扮晒斯文。
> 真係一物治一物，糯米治木蝨。

說起木蝨，還衍生了一句俗語：「一物治一物，糯米治木蝨。」

以前未有鋼筋、水泥出現之前，建屋是以糯米漿、灰沙、紅糖等物拌勻，用力舂實，待其乾透後，即非常堅硬，稱為夯土，作為牆壁；而磚牆亦以此種方法黏合，數百年都不會倒塌。因此，人們亦以煮熟的糯米，填塞木板隙縫窿罅，使木蝨不能容身，把木蝨封殺。所以就有此句俗語的產生。

未見官先打三十大板

mei6　gin3　gun1　sin1　daa2　saam1　sap6　daai6　baan2

── 未見其利，先見其害。

> 66 搵到份寫字樓工，要買過套西裝 99
> 著嚟返工，真係未見官先打三十大板。

相傳古人到官府擊鼓鳴冤，要先打三十大板，才讓你入衙門跪着見官。此說出自大清律例中的刑律一訴訟之一：「凡軍民詞訟皆須自下而上陳告，若越本管官司輒赴上司稱訴者（即實），亦笞五十。」即是說如果你要入衙門越級告官，即使所告屬實，亦先打五十大板。

另外：「凡子孫告祖父母、父母，妻妾告夫及告夫之祖父母、父母者，雖得實，亦杖一百、徒三年。」如果子孫狀祖父母、父母等長輩，即使所告屬實，亦先打一百大板及判流放外地三年。因此，民間就流傳一句說話：「未見官先打三十大板。」為何不說五十或者一百？只因為三十的三字說出來較響亮而已。

單料銅煲

daan1　　liu2　　tung4　　bou1

—— 好易滾，好易熟。

> ❝ 呢個女仔咁容易同人熟，
> 冇啲矜持，真係單料銅煲。 ❞

昔日不少食肆用銅來製造工具，如沖水的茶煲、邊爐鍋、煲生滾粥的器具等等。銅傳熱快，卻容易被火燒壞，於是某些用家要求工匠用加厚的銅料來做煲，不用經常修補，俗稱「雙料」。雙料銅煲厚，傳熱較慢。用較薄的銅料做煲則傳熱較快，稱為「單料」。

於是「單料銅煲」成為一個形容詞，意思指快上加快，食物容易煮熟。廣府人習慣將煮沸的開水稱為滾水，煲好的粥稱為生滾粥。「熟」，即熱絡，而廣府話中的「滾」有另外一個意思，就是「欺騙」，用「單料銅煲」煲粥、煲水，好易熟，好易滾。

因此「單料銅煲」通常形容女性，以單料銅煲「易滾」的特質比喻這些女性容易被人欺騙。

黑過墨斗

haak1　　gwo3　　mak6　　dau2

—— 十分倒霉。

> ❝ 今日揸車出街俾警察抄牌，
> 跟住又爆胎，真係黑過墨斗！ ❞

墨斗是中國傳統木工行業中最常用的工具，由墨倉、線輪、墨線、墨簽四部分組成，為木工用以彈線的工具，在泥、石、瓦等行業中為不可或缺的工具，相傳為魯班發明。

此工具以圓斗狀的墨倉貯墨，線繩由一端穿過墨穴染色，已染色繩線末端為一個小木鉤，稱為「班母」，班母通常離地面約一吋。固定之後，將已染色線繩向地面彈動，工地以此為地平直線標準。又可用班母固定於高處，墨斗懸垂，以墨斗之重量作墜力，將已染色線繩向壁面彈動，以此為立面直線標準。

而墨穴盛載墨汁，以使墨線染黑，因而使整個斗都被墨染黑。廣府人將「黑」比喻為倒霉，黑過墨斗就表示十分倒霉。

皮鞋筋

pei4　　　　haai4　　　　gan1

—— 性急，一扯就到。

> 陳仔做事唔等得，
> 話做就做，正一皮鞋筋。

皮鞋筋，縫鞋用的一種較粗的麻線。

昔日鞋匠做鞋或修鞋，都要手口並用，左手拿鞋，右手執錐，將鞋面與鞋底縫合，用錐子穿孔後，右手取含在口中的麻線，順着錐子透過鞋皮，然後用力扯針線，扯到口中咬實，然後再鑽第二個孔，如此類推，直至工序完成，這個過程稱為「綯鞋」。

扯皮鞋筋時，必須一扯到尾，不能停頓，否則鞋筋會扯得不夠緊，影響鞋的耐用性。後來就以此形容一些性急的人，說做就做，不容有半點怠慢。

大花筒

daai6　　faa1　　tung4

—— 亂咁散，只顧眼前風光，揮霍無度。

> 陳仔一出糧就掛住去行街睇戲，
> 大飲大食，正一大花筒。

大花筒與過年過節燃放的煙花有關。

煙花以前叫焰火，有大有小，大的名為煙花，要在空地上施放，而較小的就可以拿在手上點燃，形狀有如一個紙做的圓形長筒，叫做花筒。點着花筒後，就會從花筒中噴出火星點點，五彩繽紛，但花筒內的火藥很快就會燒盡熄滅，只餘紙筒一個。

廣府人就將這種只顧一時風光，揮霍無度的人稱為「大花筒」。

燒風炮

siu1   fung1   paau3

—— 颱風信號。

> 就嚟燒風炮，有船搭，
> 快啲執嘢走人。

香港開埠初期，未有電台報告天氣，市民無從得知有關天氣的訊息。自 1884 年開始，每逢風暴襲港時，風暴的消息會透過在今日水警總部位置的信號炮鳴放颱風信號，向市民發出警示：一響代表將有烈風影響本港，兩響表示將會達到颱風程度，三響則表示預計風向會迅速轉變。從 1907 年開始，信號炮被更響亮的信號彈所取代。後來市民日漸習慣由電台、報章及張貼於渡輪碼頭的通告取得颱風的消息，鳴放信號彈的傳統最終在 1937 年結束。

與「燒風炮」相似的還有一句叫「燒枱炮」。「燒枱炮」是指一個人在極度高興或極度憤怒時，用手大力拍打枱面，發出巨響，有如炮聲，以表達其情緒，但與燒風炮的意思完全不同。

把炮

baa2　　　paau3

—— 有能力，有辦法。

> 撲唔到演唱會飛？搵陳仔喇，
> 佢好把炮，實幫你搞掂！

「把炮」一詞出自火炮，火炮最初非常巨型，但後來在西方人的改進下，發明了火槍，繼而發明了手槍。

手槍是袖珍型的火炮，所以將手槍叫成「炮仔」。廣府人將纓槍叫成「一枝纓槍」，而將手槍叫成「一把炮仔」。把「炮」擁有一把手槍，手槍並非一般人可以擁有，因此代表着有能力、有辦法。

現時辭職不幹，叫做「劈炮」，「劈炮」亦是出於此。

較飛

gaau3　　　fei1

—— 試驗，浪費。

> 你剛剛考到車牌，開慢啲，
> 唔好搵我哋嚟較飛。

「飛」即是子彈，「較」有調試的意思。

軍警配備新槍械時，必須練習射靶以熟習其特性及調整其準確度，這個過程稱之為「較飛」。過程中虛耗子彈，出現浪費在所難免，因此後來人們以「較飛」代表一些試驗性質、不準確的事物。

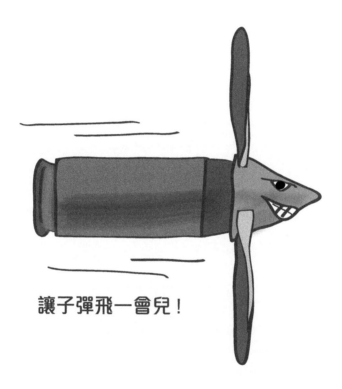

讓子彈飛一會兒！

混帳

wan6　　zoeng3

—— 言行無理無恥。

> ❝ 有書唔讀，有學唔返，
> 成日逃學，認真混帳。 ❞

「混帳」這一用語出自北方。北方寒冷，到了冬天，人們為了取暖，就會睡火炕。火炕是一種可隨居室長度而定、磚石結構的建築設施。火炕有灶口和煙口，灶口用來燒柴，燒柴產生的煙和熱氣，通過炕間牆時烘熱上面的石板，使炕產生熱量。火煙最後從火炕煙口通過煙囪排出室外。在中國北方一般炕的灶口與灶台相連，這樣就可利用做飯燒柴來使火炕發熱，這樣就不必再單獨燒炕。

東北農村家家對面炕，對面之間距離 1 至 2 米，通屋大炕，從炕頭父母、小兒、中兒、中兒媳、大兒、大兒媳依次排列，小兒與中兒之間掛一帳幔；中兒媳與大兒之間掛一帳幔，形成三個「單元」。「帳」在這裏成為風俗之外另設的性關係的隔斷標誌，各在自己的帳內就是正常的、道德的。而到另外一帳內稱「混帳」，則是違反道德的行為。

省鏡

saang2　　geng3

—— 美麗，好看。

> "今屆班港姐個個都好好樣，非常省鏡。"

古時用來照的鏡子不是玻璃鏡而是銅鏡。中國最古老的銅鏡是在青海的齊家文化遺址中出土，銅鏡背面刻有紋飾或銘文，寓意吉祥富貴，而正面則光滑無瑕。銅鏡亦為吉祥器物。

玻璃鏡除非鏡面刮花了，或是鏡後的水銀剝落了，否則看不清楚時，用布之類一抹，就沒多大問題了。至於銅鏡的保養，就要複雜得多。要使銅鏡光可鑑人，照出人的樣貌，就不時要將銅鏡打磨。

磨，廣府話稱為「省」，將銅鏡磨至可以照到人貌，稱為「省鏡」。不「省」，鏡就不光亮，照不出清晰的容貌了。「省鏡」，照出來的樣子就靚。

手震

sau2　　　　zan3

── 打賞、額外小費。

> 66 嗰位人客好疏爽，俾好多手震。99

手震泛指小費，形容打賞給服務員的金錢從客人手中震出來的狀態。

1938 年陳公哲所著之《香港指南》中〈飲食〉篇中有說：「酒館兼茶室⋯⋯，四時以後則營酒菜至半夜二時止，招待周到，小賬照例給與，手震給與無定。近年港粵酒樓每僱用俊美女性招待──港粵稱女職工──以取悅來客，而客人中有欲特別示惠多給與小賬者，粵名之曰手震，即言其多之謂也。」

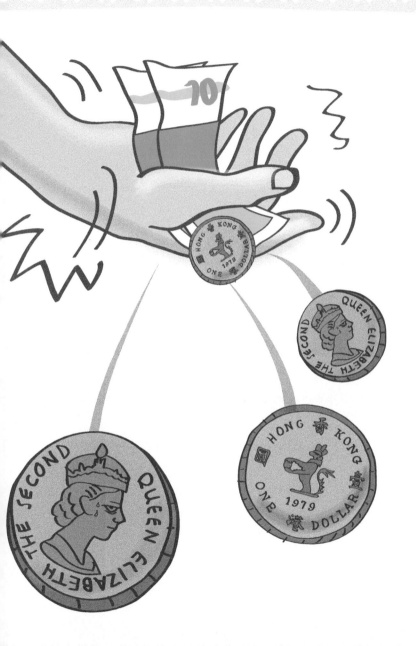

搵個錢刮痧都冇

wan2　　go3　　cin4　　gwaat3　　saa1　　dou1　　mou5

—— 十分窮困。

> 家陣糧尾，
> 搵個錢嚟刮痧都冇，真慘。

刮痧，就是利用刮痧器具，良性刺激經絡穴位，發揮營衛之氣的作用，使經絡穴位處充血，改善局部微循環，起到袪除邪氣、疏通經絡、舒筋理氣、活血化瘀，以增強機體自身潛在的抗病能力和免疫機能，從而達到扶正袪邪，防病治病的作用，是中國民間流傳的傳統療法。

刮痧器具是用邊緣光滑的湯匙、銅錢、或較專業的牛角骨刮痧板，在病人身體的施治部位上順序重複刮動。昔日以銅錢作為貨幣，一般人如果覺得有些不舒服，都會隨手用銅錢進行刮痧，但如果真的窮起上來，真係搵個銅錢刮吓痧都冇。

丁文食件

ding1　　man1　　sik6　　gin6

—— 逐件計。

> ❝ 屋企人多，人工又低，
> 只好丁文食件，就住嚟使。 ❞

「丁文食件」，發音為「丁蚊食件」。

清代實行銀錢平行本位制度，規定制錢一千文準銀一兩。銀兩是法定通貨，不僅民間交易收藏使用，官府收納地丁捐稅也使用。由此形成銀兩制度，但同時仍然保持着銀銅共存的貨幣體系。銅質貨幣系統以「文」為基礎，「丁文」是清末民初以來所鑄各種新式銅幣的通稱，俗稱銅板。

銅元誕生於清朝光緒二十六年（1900 年）。銅元與歷代的方孔銅錢不同，中間無孔，是仿照香港銅輔幣鑄造而成的。分有紅、黃、白銅。正面上緣鑄省名，中間珠圈內鑄幣名「光緒元寶」，上下右左讀，下緣鑄面值。幣值有半分、一文、二文、五文、十文。這些銅錢按其面值，俗稱為丁文，為面額最小的銅幣。

丁文食件，即是自己搵到一文錢，就食返一件，量入而出。搵幾多食幾多，無隔宿之糧，逐件計算。

碎銀

seoi3　　ngan2

── 零錢。

> 搭巴士冇帶八達通，
> 又冇帶碎銀，惟有行路。

古代流通的貨幣是用銀兩計算，一般的銀錠都是一兩一個，如果在購物交易時，為了方便支付貨價，就要將銀錠切開，弄成小塊，再秤重量，用來支付。此種切開使用的銀兩，就被稱為「碎銀」。

後來到了紙幣年代，一些面值較小的鈔票，就被稱為「散紙」，而一些一毫、五毫米的輔幣，亦會稱為「散銀」或「碎銀」。

屈尾十

wat1　　　mei5　　　sap6

—— 突如其來，改變初衷。

> 陳仔呢頭話肚痛要請假，
> 點知一個屈尾十走去開枱打麻雀。

屈字通「淈」。《荀子 · 宥坐》：「其洸洸乎不淈盡，似道。」楊倞注：「淈，讀為屈，竭也。」

「淈盡」，意即竭盡。

「屈尾」，即最後，「十」是數目字中由一至十的最後一個，數到十，就會從頭再數，由一開始。廣府人稱「屈尾十」，即從頭由一開始，並非順序。通常會全稱之為「一個屈尾十」。

九 gau2

出 ceot1

十 sap6

三 saam1

歸 gwai1

——暴利，剝削。

> **陳仔趕住結婚，好等錢使，**
> **就算九出十三歸，**
> **都要問私人財務借，真淒慘。**

以前如果急需金錢，會將值錢的物件拿到當舖典當。當時的當舖當期 3 個月，會收取月息 1 元，即當 10 元物品，每個月需要納息 1 元；但在當物時，當押物品價值 10 元的話，當舖只付出 9 元，這就是「九出」；客人到期取贖時，卻要加收三個月的利息 3 元，共收 13 元，所以稱為「十三歸」。由此，在做生意時，如果認為對方「食水」太深、置別人利益不顧的，民間就稱之為「九出十三歸」。

現時香港特別行政區規定，當舖每港幣 100 元本金，典當者每月要支付利息為港幣 3 元 5 角。由當押日起，以農曆計算四個月後期滿。客人可在到期日或之前，任何時間，到押店清繳本金及利息，把當物贖回。客人也可選擇在到期日或之前，清繳當期利息，再將當物續期四個月，如此類推。

數龍

sou2　　lung4

── 付款。

> **陳仔娶老婆，我哋夾份做人情，**
> **每人五百，速速數龍。**

清朝末年，由於鷹洋（墨西哥銀元）、佛銀（西班牙銀元）等外國銀幣的流入，嚴重影響中國的幣制和金融，朝廷眼見外國銀元佔據中國市場，造成中國的貿易損失，故設局製幣，其銀幣以蟠龍為圖形，光緒十六年（1890年）鑄出，以龍為記，故稱「龍銀」、「龍洋」。「龍」是稱當時政府所鑄的銀元。數龍即付款之意，此用語如今已甚少使用，改說「磅水」，因為「水」為財也。

另一種貨幣被為「鹹龍」。「龍」指貨幣，「鹹」指鹹水，香港四周環海，「鹹龍」即是指港幣。

托水龍

tok3　　seoi2　　lung4

—— 收得的錢，不歸還原主，全數吞沒。

> ❝ 老黎要我幫佢買部相機，
> 將買相機嘅錢，交陳仔轉俾我，
> 點知陳仔托水龍，一個仙都冇俾到我。❞

「托水龍」與端午節扒龍船比賽有關。

以前珠江三角州一帶的鄉鎮堂口很重視扒龍船，所以參賽的龍船就非常講究，要用最貴重優良的木材來製造。為了保護這些龍船不受風吹日曬，每次比賽後都會將龍船埋在水下的淤泥中。直到翌年端午前夕，選好吉日，舉行拜神儀式後，才把龍船從淤泥中挖出，托上岸，重新檢修，以待比賽。這種儀式就「出水龍」。

龍船是鄉鎮堂口的公眾財產，未得公家許可，任何人等都不可以私自把龍船挖出。因此那些私自把龍舟從水中挖出來，托上岸的行為，公產私用，就叫做「托水龍」。

荷溪龍船

ho4　　kai1　　lung4　　syun4

── 借人威。

> 陳仔恃住大佬夠大隻，
> 成日蝦蝦霸霸，其實係荷溪龍船，借人威。

「人威」，指仁威廟，仁威廟坐落於廣州西關龍津西路仁威廟前街，舊泮塘鄉內，佔地 2,200 平方米，是一座專門供奉道教真武帝的神廟。它是當時泮塘恩洲十八鄉最古老、最大的廟宇。每年農曆五月初五端午節，在西關有龍舟競賽的習俗。以前西關河涌縱橫密佈，又近泮塘同珠江邊，龍舟活動非常流行。當時最有名的是泮塘五約的龍舟，以剽悍著稱。泮塘龍舟是傳統的龍舟，一條船上划船的 72 人，打鼓的 4 人，拿彩旗的 2 人，前後抓艄的 4 人，還有掌管銅鑼、羅傘和神台的人員，一共 80 多人。鼓上寫着「仁威」兩個大字。

泮塘鄉信奉仁威廟真武帝，而珠江對岸的鹽步鎮也和仁威廟有很深的淵源，每年鹽步的龍舟在西關一帶稱霸。鹽步龍舟以白鬚為記，西關人稱之為白鬚老龍。遠近聞名，且每年均尋釁鬧事，人畏其剽悍。但由於鹽步龍信奉仁威廟真武帝，對泮塘五約龍舟亦相當敬重。但在西關龍津路的荷溪鄉的龍船則總是輸家，終日都被人欺負，故此後來亦打出旗號，曰「荷溪仁威」，插於舟中，以示自己亦屬仁威部屬。所以後來西關人有句俗語：「荷溪龍船─借人（仁）威。」

開圍骰

hoi1   wai4   sik1

── 冇大冇細。

莊家通吃！

> ❝ 見到長輩都唔讓座，
> 真係開圍骰，冇大冇細。❞

傳統的賭博中有一種叫做骰寶，一般稱為賭大細，莊家先把三顆骰子放在有蓋的器皿內搖晃。當各閒家下注完畢，莊家便打開器皿並派彩。因為最常見的一種賭法是買三粒骰子合計點數的大細，總點數為 4 至 10 稱作小，11 至 17 為大。

如果開出的三粒骰子都是同一數目，就叫圍骰。三粒都是 1，就叫圍 1；三粒都是 2，叫圍 2，如此類推。圍 1 總數是 3，不算是小，莊家通吃；如果開的三粒骰子是 4，就叫圍 4，雖然總數是 12，也不算大，莊家通吃。除非閒家當初下注是買圍骰，才可算勝。所以開圍骰就是冇大冇細。

三扒兩撥

saam1　　paa4　　loeng5　　but6

—— 做事迅速，動作簡單。

> 約咗陳仔開枱，
> 三扒兩撥收檔，
> 趕住出發。

昔日一種賭博名「番攤」，先把一堆好像鈕扣的攤子用一個盅蓋着，開攤時把盅揭開，用一條竹籤把一堆攤子撥一旁，然後以四個一組地扒開，稱為「一皮」。

如果趕時間，不依規則，急急要把攤子扒完，就會三扒兩撥。

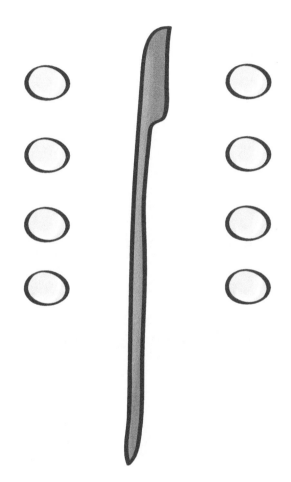

睇扒

tai2　　　　paa4

—— 最後結果。

> 今日俾你贏咗，
> 下次你就冇咁好彩，睇扒喇。

番攤是賭的一種，扒攤時「四個一皮」，即四個攤子為一組。攤子未全以四個一組扒開時，就不知最後餘下的數目多少。睇扒，就是看看最後的結果。

現在就會說：「睇吓點」！

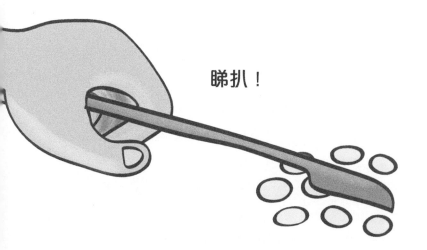

睇扒！

陳村碼頭

can4　　　cyun1　　　maa5　　　tau4

—— 逢賭必啱。

> 陳仔成日掛住開枱、賭馬、
> 過大海，正一陳村碼頭。

陳村位於廣東佛山順德區，自古即為商賈雲集之地，曾與廣州、佛山、東莞的石龍鎮合稱「廣東四大名鎮」，是珠江三角洲主要的商業中心。

明清時期，在陳村新墟至舊墟一共有大小商舖三千多家，多以經營米舖、日用品、銀號、當舖等等。吸引了廣東各地客商前來經商，而當時水路運輸比較發達。所以往來的各種貨船不計其數，而陳村沿岸碼頭亦很多，各式大小貨船都可以泊岸，就出現此句俗語——「逢渡必啱」。「渡」與「賭」同音，借此比喻。

北角過啲

bak1　　gok3　　gwo3　　di1

—— 例遲。

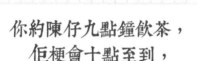

> 你約陳仔九點鐘飲茶，
> 佢梗會十點至到，
> 真係北角過啲，例遲。

北角西面以前叫七姊妹，上世紀 50 年代，上海人帶着大量資金紛紛在北角買地投資，北角從此多了「小上海」的稱號。

七姊妹區的英皇道就開了一家麗池花園夜總會，創辦人李裁法據說是上海青幫頭子杜月笙的門生。麗池夜總會長期有菲律賓樂隊、歌手駐場表演，亦舉辦過「香港小姐」選舉，此外，又有酒店、餐廳、酒吧、半室內泳池、小型碼頭、小型高爾夫球場等娛樂休憩設施，對於六十多年前、剛經歷戰亂不久的香港人來說，確實是一種矚目、嶄新的體驗。後來夜總會結業，原址改建為住宅，名字也叫麗池大廈。

麗池，廣府話諧音「例遲」，於是北角過啲就係「例遲」。

擒青

kam4　ceng1

—— 忽忙、心急。

> ❝ 餸菜都未上齊，
> 慢慢食，唔使咁擒青。 ❞

擒青一詞出自舞獅。

南方舞獅，少不了「採青」。所謂「青」，就是把一封利是，綁在一棵生菜上。「青」有「高青」、「水青」與「蟹青」之分。「高青」是把「青」吊得高高的，「水青」是把它放在水盆中，「蟹青」是用圓盤蓋着。醒獅採青，有祈求吉利之意。

「採青」過程有一套既定的的功架和套路。獅子先要尋青，從遠處望見有「青」掛在門口，是望青；不知真假，故作驚訝狀，是驚青；上前用腳試探一下，是試青；探清虛實之後，把「青」取入獅口內，是吃青；拿到「青」，在獅頭內將利是取下，然後將生菜從獅口拋出送還給主人家，是吐青，主人家接青有「接財」之意；收到主人家利是之後會表演一段醉獅，表示酒食豐盛，這就是採青最後一個程序，「醉青」。但如果為了急於多收幾家的利是，不將所有套路表演完，就去吃青，會被視為不敬，亦被譏為「擒青」。

至於另一個俗語，「驚青」，亦是從上述採青程序而來。

滾紅滾綠

gwan2　　hung4　　gwan2　　luk6

── 不務正業。

> 陳仔終日不務正業，
> 掯埋班豬朋狗友，走去滾紅滾綠。

「紅」和「綠」指「紅男綠女」，指與一夥時髦男女廝混，引申為不正派；這類不務正業整天鬼混的人又叫「滾友」。

「滾」的本字是「混」，「混」的古音讀如「滾」，《孟子‧離婁下》：「源泉混混，不舍晝夜。」《焦循正義》：「混，古音讀如滾，俗字作滾。」通語也作「混」，用例見「混世魔王」。《紅樓夢》：「咱們一處坐着，別叫鳳丫頭混了我們去。」兩個例子中，「混」均讀如「滾」，意指欺蒙。如今通語的「出來混」或「混世魔王」中「混」的正確讀音應念滾，同時通語也寫作「棍」。廣府人保留作動詞的「滾」；通語動詞作「混」，正音讀如「滾」，也作「棍」；但它在當代漢語中只作名詞，猶壞人，多與名詞構成複合詞如「惡棍」、「賭棍」、「神棍」等。

白撞

baak6　　zong6

— 不速之客。

> 呢個人我唔識佢，走嚟呢度白撞。

「白撞」是指不請自來，擅自闖入他人家中的人。白撞此語由白撞雨而來。「白」字並非指白天，而是指「不速」，即突然到來之意。

清·屈大均《廣東新語·天語·雨》：「凡天晴暴雨忽作，雨不避日，日不避雨，點大而疎，是曰白撞雨，亦曰過雲，亦曰白雨。……諺曰：『早禾壯，須白撞。』」白撞，指暴雨；急驟的雨。章太炎《新方言·釋天》：「《爾雅》暴雨謂之涷……廣東謂之白撞雨。撞從東聲，涷音轉撞。」

度橋

dok6　　kiu2

—— 想辦法。

> 呢輪好等錢使，
> 要度條好橋搵返啲使用。

「度」，讀「鐸」時，有推測、忖度、揣度之意。

「橋」即橋段，指在文藝作品中一種表現手段，常見於電影或戲劇中。「橋」亦作辦法之解，度橋，即想辦法。

墟冚

heoi1　　　ham6

── 熱鬧。

> 個街市人山人海，十分墟冚。

「墟冚」，本字是「墟閧」，形容熱鬧。

墟指墟市；閧，《集韻》：「閧，鬥聲。」同「哄」，例見宋王之道《鵲橋仙》：「十年湖海閧樵歌。」好多人同時發聲，寫作哄傳，哄動；故意吵鬧擾亂，亦指開玩笑，為起哄。

墟市人聲鼎沸，閧轉音讀若「冚」；人嘈謂之「墟閧」，言如墟市之閧也。故用「墟冚」形容鬧哄哄。

殺攤

saat3　　　taan1

──完成。

收檔啦你!

> 連續捱咗幾個月，
> 終於搞掂呢單工程，
> 過兩日驗收完就殺攤。

「殺」的意思指收，引申為結束之意。以前有打更制度時，到了五更後會收更，稱為「殺更」。到了打更的制度消失後，「殺更」這句俚語雖然消失，但「殺」字仍流傳在其它俚語中。殺指收的解釋，見清．陳澧《聲律通考》卷六：「《補筆談》所謂殺聲，《詞源》所謂結聲，皆謂曲終之聲，即蔡季通所謂畢曲也。」

「殺攤」，指把攤子收起，不做買賣，比喻結束。廣府人買賣時會講價，買賣雙方談妥價錢，其中一方會大叫「殺你」，這個殺字即表示成交。

另外還有一個詞——「殺青」，亦是完成之意，但多用在寫作上。明．姚福《青溪暇筆》：「古者著書以竹，初稿書於汗青。汗青者，竹皮浮滑如汗，以其易於改抹，既正則殺青而書於竹素。」古人著書時在竹簡上寫字，竹簡表面浮滑，帶有油質的，將字寫上去，方便修改，當文章不再修改時，就會將竹的青皮削去，現出竹白後，直接將文章書寫上去。因為寫上竹白的文字不可修改，所以將最後定稿稱為「殺青」。

埋齋

maai4　zaai1

—— 結束。

> 場波打到七十分鐘，已經輸四球，
> 臨完場俾對方射入多一球至埋齋，
> 結果五比零完場。

「埋」的本字是「薶」。

《禮記・曲禮上》云：「祭器敝則埋之，龜筴敝則埋之，牲死則埋之。」《左傳・文公》曰：「殺而埋之馬矢之中。」孔仲南《廣東俗語考・釋動作》：「『葬不如禮曰埋』，故葬人曰埋人。」可見「埋」有掩埋、埋藏、收集之意。

「堙」亦有圓滿的意思。《說文解字》曰:「蘴,瘞也。從艸,貍聲,莫皆切。」《爾雅‧釋言》曰:「蘴,塞也。」《爾雅‧釋詁》曰:「塞,滿也。」《禮記‧孔子閒居》云:「志氣塞乎天地。」鄭玄注:「塞,滿也。」

「齋」,其中一個意思為「齋醮」,是道教特有的宗教祭祀儀式。齋醮科儀,過程是非常繁雜的,往往要通過建壇、設置用品、誦經拜懺、踏斗、掐訣唸咒等來共同完成。

因此,齋醮科儀開始叫「開齋」,而結束則稱之為「埋齋」。

「埋齋」與上篇所提及的「殺攤」有些分別,埋齋指已早有結果,到最後一刻再確定。而「殺攤」則指到了最後一刻才完成,有結果。

羅生門

lo4　　　sang1　　　mun4

── 唔知邊個至真。

> 部門老細今日離職唔做，
> 有人話佢另有高就，有人話俾大老闆炒，
> 又有人話佢唔夠人鬥，
> 各有各講，今趟真係羅生門。

《羅生門》是一部日本電影，於 1950 年在香港上映，故事敘述一個武士和他的妻子在遠行途中被強盜攔截並捆綁，其妻被強盜強姦，之後武士又不明原因地死去的故事。

劇中出現一個樵夫，一處竹林，一具屍體，三個證人。盜賊說，武士是我殺的；妻子說，丈夫是我殺的；武士說，我是自殺的；樵夫說，他們都撒謊。劇中角色口供各有不同，互相矛盾，各人自說自話，這件事最後不了了之。

「羅生門」自此被賦予了「真相被扭曲、被模糊」的意涵。

無厘頭

mou4　　　lei4　　　tau4

—— 莫名其妙。

無厘頭之神
——星爺

> 〝　陳仔成日都做埋啲無謂嘢，
> 真係無厘頭。　〞

「無厘頭」全句原寫作「莫釐頭尻」。

「莫」是沒有，「釐」是改正，治理。「莫釐」是指「沒有道理，分不清楚」。「尻」粵音讀「哮」，指脊骨尾部或還沒長成的尾巴，在此引申為「末端、最尾」之意思。合起來的意思是形容人或事分不清次序和頭尾，毫無邏輯。

「莫釐」後來變音成「無釐」；「尻」字由於讀音與一句粵語粗口近似，為求避諱而去掉。變成「莫釐頭」，再因為「釐」、「厘」相通，全句便簡略變成「無厘頭」。

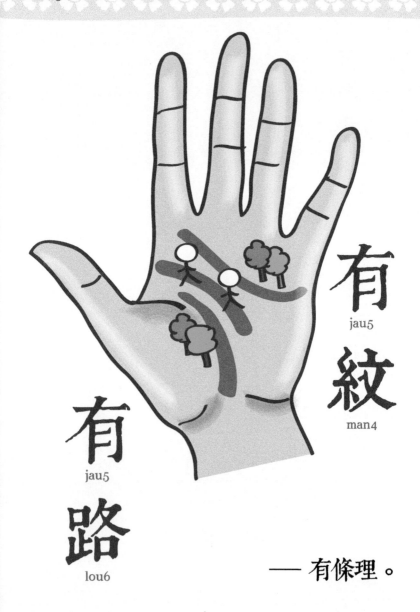

有 jau5

紋 man4

有 jau5

路 lou6

—— 有條理。

> ❝ 你個仔年紀小小，
> 做起嘢上嚟都有紋有路。 ❞

做事有計劃、有條理、有步驟，廣府人稱之為有紋有路。

紋路本義是指人手的掌紋和指紋，是個名詞。例如元朝劇作家關漢卿所撰雜劇《狀元堂陳母教子》一折，寫陳母的兒子老三赴京考試前，誇下海口，說考取狀元有如「掌上觀紋，懷中取物⋯⋯這掌上觀紋，如同手掌裏紋路兒，把手展開便見，覷那官則是個容易。」

「紋路」一詞，傳到廣東後，變成形容詞，並根據掌紋及指紋的本義加以引申，成了有系統、有條理的代詞。

出身

ceot1　　　san1

── 身份、資格。

> 我個女身嬌肉貴，
> 你乜嘢出身，想做我女婿？

出身是科舉時代為考試錄選者所規定的身份、資格。昔日學子寒窗苦讀，就是希望考得功名，踏上仕途，光宗耀祖。科舉是政府選拔官吏的考試制度，通過地方和中央的各級考試，按成績優劣選取人材，授予官職。

清朝時學子參加的第一個考試為童試，在其所屬縣城進行，合格者稱秀才；第二個試在省府進行，由各縣秀才齊集統一進行鄉試，合格者稱舉人；第三個試在京城舉行，由各省舉人齊集進行會試，合格者稱貢士；最後所有貢士集中在皇帝面前進行殿試。殿試成績分三甲，一甲有三名，分別為狀元、榜眼及探花；二甲及三甲分別有若干名，每科不等。一甲一名被皇帝賜狀元及第；第二名賜榜眼及第；第三名賜探花及第，二甲及三甲皆賜進士出身。三甲不入就不合格，沒被賜出身。「出身」就是代表功名、身份。

參考書目

文若雅：《廣州方言古語選釋》）澳門：澳門日報，一九九一。

丘學強：《妙語方言》，香港：中華書局，一九八九。

石人：《廣東話趣談》，香港：博益，一九八三。

石人：《廣東話再談》，香港：博益，一九八四。

吳昊：《懷舊香港話》，香港：創藝文化企業有限公司，一九九〇。

吳昊：《俗文化語言一》，香港：次文化堂，一九九四。

吳昊：《俗文化語言二》，香港：次文化堂，一九九四。

吳昊、張建浩編訂：《香港老花鏡之民情話舊》，香港：皇冠，
　　　　　一九九六。

宋郁文：《俗語拾趣》，香港：博益，一九八五。

阿丁：《趣怪香港話》，香港：香港周刊，一九八九。

莊澤義：《省港民間俗語》，香港：海峰，一九九五。

陳渭泉：《拙中求趣》，澳門：凌智廣告公司，二〇〇一。

彭志銘：《次文化語言》，香港：次文化堂，一九九四。

惠伊深：《字海拾趣》，香港：中華書局，一九九九。

劉天賜：《提防考起》，香港：天地，一九九五。

魯金：《香江舊語》，香港：次文化堂，一九九九。

饒原金：《粵港口頭禪趣談》，香港：洪波出版公司，二〇〇七。

《講開有段古：老餅潮語 III》

策劃　　萬興之友

編著　　蘇萬興

責任編輯　宇鴈

裝幀設計　明志

排版　　盤琳琳

插畫　　羅里杜比

印務　　劉漢舉

出版　　中華書局（香港）有限公司

　　　　香港北角英皇道 499 號北角工業大廈 1 樓 B

　　　　電話：(852) 2137 2338　傳真：(852) 2713 8202

　　　　電子郵件：info@chunghwabook.com.hk

　　　　網址：www.chunghwabook.com.hk

發行　　香港聯合書刊物流有限公司

　　　　香港新界荃灣德士古道 220-248 號

　　　　荃灣工業中心 16 樓

　　　　電話：(852) 2150 2100　傳真：(852) 2407 3062

　　　　電子郵件：info@suplogistics.com.hk

版次　　2016 年 7 月初版

　　　　2024 年 6 月第 4 次印刷

　　　　© 2016 2024 中華書局（香港）有限公司

規格　　正 32 開（185mm x 130mm）

國際書號　978-988-8394-69-2